岩波文庫

32-774-3

白い病

カレル・チャペック作

阿部賢一訳

岩波書店

Karel Čapek

BÍLÁ NEMOC

1937

目 次

白い病

登場人物

第一幕　枢密顧問官

枢密顧問官ジーゲリウス教授
ガレーン博士
（大学病院の）第一助手
第二助手
教授1
教授2
教授3
教授4
元帥
副官
大将
厚生大臣
別の側近
署長
看護婦
記者
別の記者
医師たち、看護師たち、記者たち、随行員
患者1
患者2
患者3
父
母
娘
息子

第二幕　クリューク男爵

枢密顧問官ジーゲリウス教授
クリューク男爵
ガレーン博士
元帥
副官
患者1
患者2
父
母

第三幕　元　帥

元帥
元帥の娘
若いクリューク
宣伝大臣
副官
ガレーン博士
息子
群衆の一人
群衆

第一幕　枢密顧問官

第一幕第一場

〔包帯を巻かれた三人の患者〕

患者1　ペストったらペストだ。うちの通りにある家はどこも、ペストにかかってる奴が何人もいる。おい、お前もあごに白い斑点ができてるぞ。ある奴は元気で、何ともなかったというのに、次の日には、おれみたいに、体から肉がすっかりそげ落ちてしまったらしい。これはペストだ。

患者2　ペストじゃない、ハンセン病だ。〈白い病〉とも呼ばれている、だが、天罰と言うべきだな。何の理由もなく、こういう病気にかかるわけがない。神さまがおれたちを罰してるんだ。

患者3　ああ、神よ――神よ――神よ――

患者1　天罰か！　天罰とは！　いったい、このおれが何をしたからといって、天罰を受けるというんだ。たいしていい生活もしてない、知ってるのは貧乏暮らしだけ。貧しい連中を罰する神さまがいるとしたら、よっぽど変わり者の神さまじゃないか？

患者2　まあまあ、よく考えるがいい。はじめのうち、病は皮膚の表面だけだが、その後、体内の肉を喰らいはじめる。お前も、そうなればこう言うはず、いや、これは普通の病気とは違う、何かの罰に違いない、何かの理由があるはずだって

――

患者3　神さま……天にましますの神さま――

患者1　ああ、理由はあるよ。この世に人間が増え過ぎたってこと、だから、ほか

の連中に場所を明け渡すために、我々の半分を厄介払いしようってわけ。そうなんだ。お前はパン屋だろ？　そしたら、お前は別のパン屋に場所を与える。貧乏人のおれさまは別の貧乏な奴に場所を与える、そしてそいつはおれに代わって貧困にあえぎ、腹を空かせるってわけだ。それが、このペストが現れた理由だ。

患者2　これはペストじゃない、ペストなら、お前は紫になってるはず、だが、ハンセン病みたいに白い、ハンセン病だ。

患者1　白かろうが、黒かろうが、どうだっていい。ただこの臭いだけは勘弁してほしい。

患者3　ああ、神さま――イエスさま――キリストさま、どうかご慈悲を――

患者2　お前は独り身だからまだましだ。かみさんや子どもから毛嫌いされたらどうする――あいつらも、このおれといるのが耐えられりゃあしない！　今じゃあ、かみさんの胸にも白い斑点がある――隣に住む煙突掃除夫の奴は、昼夜を問わず呻きっぱなしだ。

患者3　ああ――ああ――ああ……

患者1　黙れ！　病人の嘆きなんて、誰も聞いてくれやしない！

幕

第一幕第二場

〔枢密顧問官ジーゲリウス教授の執務室〕

枢密顧問官　……失礼、記者の方。時間は三分だけ。患者が待っているんだ！　で、質問は？

記者　顧問官、我が社は、しかるべき方の言葉を読者に伝えたいのです。

枢密顧問官　〈白い病〉、ペイピン病のことだろ、わかっている。嫌というほどの記事が出回っている。だが、どれも素人の見解ばかり。病気のことは医師に任せておくべきだ。新聞で取り上げると、読者の大半は、すぐに自分にそういう徴候がないか気にしはじめる、そうだろ？

記者　そうです、ですが、私どもの新聞は読者に安心を与えたいのです——

枢密顧問官　安心？　どうやって、安心を与えるっていうんだね？——いいかね、これは……とても深刻な病気なんだ、しかも雪崩のように広がっている——もちろん、世界中の大学病院が懸命に研究を進めている、だが——〔肩をすくめる〕目下のところ、我々の学問は無力なのだ。徴候が見られたら、かかりつけの医者を訪れるようにと書いておきなさい。以上。

記者　医者はどのような対応を？

枢密顧問官　——処方箋を書く。貧しい人には過マンガン酸カリウムを、金持ちにはペルーバルサムを処方する。

記者　それらは役に立つんですか？

枢密顧問官　ああ、傷口が開いて悪臭を放つとき、臭い消しには役立つ。これは、この病気の第二段階だ。

記者　第三段階になったら？

枢密顧問官　モルヒネだよ、君。モルヒネ以外にはない。それで十分だろう？　ひどい病気なんだから。

記者　この病気の……感染力は強いのでしょうか？

枢密顧問官　〔講義の口調で〕捉え方次第だ。病原体の細菌がどういうものかまだわかっていない。ただ、とてつもないスピードで広がっていることだけは確かだ。それから動物への感染は見られず、人間でも、すくなくとも若い世代への感染はないこともわかっている。これについては、東京のヒロタ博士が自ら被験者になって証明している。私たちは戦闘の最中にある、君、戦闘だ、だが、これは未知なる敵との戦闘だ。記事にしてもらってもいいが、我々の大学病院では研究を開始して三年になる。相当な数の学術論文も発表し、専門誌で相当数の引用もなされている。――〔呼び鈴を鳴らす〕だが、まだよくわかっていないのだ――残念だが、時間は三分だけ。

看護婦　〔中に入ってくる〕顧問官、失礼します。

枢密顧問官　こちらの記者さんに当院の刊行物を。

看護婦　わかりました。

枢密顧問官　その論文を記事にしてもかまわない。我々がペイピン病と格闘している様子を知れば、読者も安心するだろう。じつは、我々はこの病気をハンセン病とは呼んでいない。ハンセン病というのは皮膚の病だが、今回の病気は純粋に体内の病だ。皮膚科の同僚たちにもこの病気を語る権利があるようだが、それはまた別の話だ。この病気は、疥癬（かいせん）などではない。ハンセン病ではないと書いて、読者を安心させたまえ。この病気をハンセン病と混同するなんてありえんとね。

記者　この病気は……ハンセン病よりも深刻な病気なんでしょうか？

枢密顧問官　言わずもがなだ。はるかに深刻で、はるかに興味深い。ハンセン病と同じなのは初めの徴候だけ。皮膚に小さな白い斑点ができるが、大理石のように冷たく、患部の感覚は麻痺している――いわゆる、大理石のような白斑（マクラ・マルモレア）だ。それゆえ、〈白い病〉とも呼ばれる。だが、その後の経過は独特なもので、ほかの普通のハンセン病とはまったく異なっている。我々は、チェン氏病、つまりモルブス・チェンギと呼んでいる。シャルコーのもとで研修医を務めていたチェン博士は、ペイピンの病院で症例を初めて記録した人物だ。優れた研究だ。私は、一九二三年にはその本を書評で取り上げている。当時はまだチェン氏病がいつの日か、パンデミックになるとは誰も予測していなかったんだ。

記者　え、何です？

枢密顧問官　パンデミックだ。雪崩のように世界中で流行する病気のこと。いいかね、中国では毎年のように興味深い新しい病気が誕生している。おそらく貧困がその一因だろう。だが、チェン氏病ほど威力があるものは、これまでなかった。新しい病気だ。ゆうに五百万人が亡くなり、一千二百万人が罹患しているが、すくなくともその三倍の数の人が、レンズ豆ぐらいの大きさの大理石のような、感覚のない斑点ができているのを知らずに世界中を駆けずり回っていることだろう――しかも、この病気の症例が我が国で見られてから、まだ三年と経っていない！　そう、ヨーロッパ初の症例は、この病院からなんだ。君、誇りに思っていいぞ。チェン氏病のある症状は、ジーゲリウス症候群と呼ばれている。

記者　〔書きながら〕顧問官、ジーゲリウス教授の名字を冠した症状ですか？

枢密顧問官　そうだ、ジーゲリウス症候群だ。ご存じの通り、我々は懸命に取り組んでいる。確実に言えるのは、チェン氏病に感染するのは、四十五歳、もしくは五十歳以上の人間に限られているということ。一般的な身体組織の変化、いわゆる老化がこの病気に好ましい条件をもたらすのだろう――

記者　それは、たいへん興味深い。

枢密顧問官　そう思うかい？　君は何歳だね？

記者　三十です。

枢密顧問官　なるほど。もうすこし年齢が上なら「興味深い」とは思わないだろう。それからもう一つ確実に言えるのが、初めの徴候から、好ましくない予後が想定されるということ。三ないし五カ月後に、多くの患者が全身の敗血症により死亡にいたる――私の、それから我々の大学病院の見解によれば、ちなみに、当院は私の義理の父である偉大なるリリエンタールの名を冠している、このことも書いておくといい――リリエンタール古典学派の見解では、チェン氏病は、目下のところ未知の病原体が引き起こす感染症であり、素因は身体老化の初期徴候によって形成される。疾患の症状と経過については省略してよかろう。あまり美しいものではないから。治療は――セダティヴァ・タントゥム・プラエスクリベレ・オポルテト（「適量の鎮静剤を処方すること」を意味する）。

記者　何と？

枢密顧問官　省略して結構、君。医者にしか通じない言葉だ。偉大なるリエンタールの古典的処方箋だ。偉大な医師であられた！　今日、存命でいらっしゃれば！――まだ質問はあるかね？　あと三分しかない。

記者　顧問官、読者がいちばん知りたいのは、この病気の予防法です――

枢密顧問官　ん？　なに？　予防法？　それは無理な話だ！　ぜったいに無理！〔すっくと立つ〕いいかね、私たちは皆、死ぬ。四十歳を過ぎた者は誰もがそういう定めなんだ。――愚かな三十歳の君には、どうでもいいことだろうが！　だが私たちは、人生のピークにあるというのに――さあ、こっちに来て！　私の身体に何かないかね？　顔に白い斑点がないか？　え？　まだない？　そうか、私はね、毎日、日に十回は鏡を見ている――そう、君の新聞の読者は、生きたまま進行する腐食の予防法を知りたがっている。無理もない。この私だって、知りたいのだからね。〔腰をかけ、両手で頭を抱え込む〕人類の学問がこれほど無力であるとは！

記者　顧問官、最後に何か人々を励ます言葉をいただけないでしょうか？

枢密顧問官　そう。では……では、こう書きなさい……ただ、この病を受け入れるしかないと。

〔電話が鳴る〕

枢密顧問官　〔受話器を持ち上げる〕もしもし……そうだ。――何？――誰とも面会しないのはわかっているだろう。――医師？　名前は？――ふむ、ガレーン博士。紹介状を持っているのか？　ない？　いったい何の用だ？――学術的な案件だと！　第二助手にでも対応させておけ。学問に割く時間は、私にはない。――五回目の訪問だと、なら、通しなさい。でも、時間は三分だけだと念を押して。そう。〔受話器を置き、立ち上がる〕こんな具合だ。こうやって学問に没頭するというわけだ！

記者　顧問官、貴重なお時間を頂戴いたしまして、ありがとうございます――

枢密顧問官　いや、かまわない。学問と市民はたがいに手を取り合っていかなければならない。また何か必要になれば、訪ねてきなさい。〔手を差し出す〕

記者　心より御礼申し上げます、顧問官！〔深くお辞儀して、その場を去る〕

枢密顧問官　では！〔机に座る〕

〔ノックの音〕

枢密顧問官　〔ペンを取り、何か書いている。すこし間を置いて〕どうぞ！

〔ガレーン博士が入室し、戸惑った様子でドアの前に立っている〕

枢密顧問官　〔頭を上げずに、何かを書いている。しばらく間を置いてから〕用件は何だ？

ガレーン博士　〔口ごもりながら〕すみません、顧問官……お仕事の邪魔をするつもりはなかったのです……ガレーンと申します。

枢密顧問官　〔まだ何かを書いている〕聞いている。何か用かね、ガレーン博士？

ガレーン博士　わたくしは……地域診療をしていまして、顧問官……とくに、貧しい方の診療をしています……そこで多くの症例を……観察することができまして……貧困層では……患者数が伸長しています……

枢密顧問官　なに？　シンチョウ？

ガレーン博士　ええ、増えています。

枢密顧問官　そうか。医師は回りくどい言い方をしてはならない。

ガレーン博士　ええ。とくにここのところ……〈白い病〉が蔓延しています――

枢密顧問官　モルブス・チェンギだよ、君。医療従事者は正確かつ簡潔に話さなければならない。

ガレーン博士　患者が生きながらすこしずつ腐敗していく姿を……見ているのは……しかも家族の目の前で……ひどい臭いを放ちながら……

枢密顧問官　臭い消しの方策を取らないといけないよ、君。

ガレーン博士　ええ、ですが、病人を救いたいのです！　何百もの事例を見てきました……目を覆いたくなるような事例も、顧問官……ですが、かれらの前で……私は何もできず……絶望に打ちひしがれ……

枢密顧問官　君、それはいけない。医者はいかなる時も絶望してはいけない。

ガレーン博士　ですが、それほどの脅威なのです、顧問官。私は自分に誓ったのです、このままではいけない……無駄にならないよう何かをしなければと。この病気に関する文献はすべて目を通しました、ですが、顧問官……そこにはないのです、そこには……

枢密顧問官　何がないのかね？

ガレーン博士　あるべき治療法が。

枢密顧問官　〔ペンを置く〕君はそれを知っているのかね？

ガレーン博士　ええ。多分、知っています。

枢密顧問官　多分？　チェン氏病についての独自の考えをお持ちということだな？

ガレーン博士　そうです。私なりの考えです。

枢密顧問官　それは結構、ガレーン博士。治療法が判明せずお手上げだと、人は空想する。よくあることだ。だが、私に言わせれば、臨床医はすでに確立された治療法を用いるべきだ。患者は、まだ証明されていない君のアイデアの被験者となるのかね？　そういうことをするのは大学病院だよ、君――

ガレーン博士　ですから、ここを訪れたのです――

枢密顧問官　まだ話は途中だ、ガレーン博士。ご存じの通り、時間は三分だけ。チェン氏病については、臭い消しの手立てを尽くすしかない――それから、モルヒネだ、まずはモルヒネだ。つまりはだ、私たちにできるのは痛みを和らげることぐらいだ。――すくなくとも支払い能力のある患者に対してだが。以上だ。では失礼。〔ペンを手に取る〕

ガレーン博士　ですが、私は……顧問官……

枢密顧問官　まだ何か用かね？

ガレーン博士　ええ。私は〈白い病〉を治療できます。

枢密顧問官　〔書きながら〕そんなことを訴えてきたのは、君で十二人目だ。しかもその中には何人も医者がいたのだからね。

ガレーン博士　ですが、私はすでに臨床で実践しているのです……数百例ほど、ええ――それなりの結果も出しています――

枢密顧問官　回復率は？

ガレーン博士　六割ほど。また二割は確かではありません――

枢密顧問官　〔ペンを置く〕百パーセントと言っていたら、どこかの変物（へんぶつ）か、詐欺師として君をすぐに追い出していただろう。さて、どうする？――気持ちはよくわかる、君。チェン氏病の特効薬を発見することに、皆、躍起になっている。名誉ばかりか、上流の顧客も保証され、ノーベル賞、それに大学でのポストも手にすることができる、だろ？　そうなれば君は、パスツール、コッホ、それにリリエンタールに並ぶ人物となる――だが、判断を間違っていることもある、何度失望させられたことか――

ガレーン博士　顧問官、こちらで臨床実験を行なってみたいのです。

枢密顧問官　この大学病院で？　子どもでもあるまいし。君は――外国出身だね？

ガレーン博士　そうです。生まれはギリシアです。ペルガモン出身です。

枢密顧問官　そうかね。この国立リリエンタール大学病院では、外国人の受け入れはできないのだ。

ガレーン博士　ですが、私は、ここで暮らしています……子どものころから。

枢密顧問官　出自の問題なんだよ、君！　出身が！

ガレーン博士　リリエンタール先生も……外国の出身かと……

枢密顧問官　断っておくが、いいかね、名誉教授リリエンタール博士は私の義父(ちち)だ。もちろん、今はそういう時代じゃない。それは承知しているだろう。ガレーン君、偉大なるリリエンタールが自分の名を冠した大学病院で、町医者を受け入れるとは思えんね。失礼だが。

ガレーン博士　いいえ、受け入れてくれるはずです、顧問官。以前、リリエンタール先生の助手をしていましたから――

枢密顧問官　〔飛び上がって〕君が！――どうして、そういうことをはじめに言わないんだ？　まあ、座って――回りくどい話は後にしよう、ガレーン。義父の助手をしていたのか！　君の名前を聞いた覚えはないが！

ガレーン博士　〔椅子の端に座り〕先生は私のことを……童子（ジェチナ）と呼んでいましたから。

枢密顧問官　君が、あの童子（ジェチナ）か！　童子（ジェチナ）こそ一番弟子だとリリエンタールは話されていた！――どうして、義父のもとに残らなかったのかね？

ガレーン博士　色々とありまして、顧問官……結婚したかったのです……助手では家族を養っていけません、でしょう――

枢密顧問官　それは間違っている。学生にはつねづねこう言っている。学問をしたければ、結婚はするなと。つまり、結婚したければ、裕福になれと。私生活は学問の犠牲にしないといけないとね。――タバコは？　ガレーン。

ガレーン博士　いえ、狭心症でして。

枢密顧問官　そうか、重くなければよいが。どれ、診察しようか。

ガレーン博士　大丈夫です、顧問官、今は結構です。もしこちらの大学病院で……私の治療法を試すことができれば……数名、手のほどこしようがない患者で……

枢密顧問官　そういう症状の患者ばかりだ。だが、君の要望を叶えるのは難しい……こういうのが知られるのは困るのだ。でも、義父の大事な教え子でもある——いや、待て。君の治療法がどういうものか話してくれないか、それを我々が検討し、場合によっては臨床に回してもいい。今のうちに、誰にも邪魔されないように手配しておこう——〔電話に手を伸ばす〕

ガレーン博士　たいへん申し訳ないのですが、顧問官……こちらでの臨床で結果が出てからでないと……〈白い病〉の治療法については、どなたにもお話しできません。たいへん申し訳ありませんが。

枢密顧問官　私にもかね？

ガレーン博士　どなたにもです。ほんとうにだめなのです。

枢密顧問官　本気で言っているのかね？

ガレーン博士　本心です、顧問官。

枢密顧問官　では、どうしようもない。すまないが、ガレーン、そういうことは大学病院の規則に反することで、その上、何というか——

ガレーン博士　——研究倫理に反するもの。承知しています。ですが、私にもそれなりの理由があります……

枢密顧問官　どんな？

ガレーン博士　顧問官、申し訳ありませんが……今はまだ、お話しできません。

枢密顧問官　わかった、好きにするがいい。では、この話はそこまでだ。とはいえ、君と知り合えてよかった、童子(ジェチナ)博士。

ガレーン博士　お願いです、どうか話を聞いてください。どうか、大学病院で受け入れていただきたい、顧問官！　そうすべきなんです！

枢密顧問官　どうして？

ガレーン博士　顧問官、この治療法については保証できます！　誓ってもかまいません！　再発した事例はまだ一件もないのです……これは、ほかの医師たちの手紙です……それぞれの地域から、私のもとへ患者を送ってくるのです……貧困地区のことは、あまり知られていません。お願いです、ご覧になってください、顧問官……

枢密顧問官　見たいとは思わないね。

ガレーン博士　残念です……ここから出ていけ、ということですか？

枢密顧問官　〔立ち上がる〕そうだ。残念だが。

ガレーン博士　〔ドアのところで振り返る〕これほど脅威にさらされているというのに……顧問官、ご自身がこの病に……

枢密顧問官　なに？

ガレーン博士　いえ、もしかしたら、いつの日か……ご自身も薬を必要とする時が訪れるかもしれません。

枢密顧問官　そういう発言は慎むべきだ、ガレーン！――〔歩き回りながら〕憎たらしい病だ、まったく、憎たらしいったらありゃしない。私も生きたまま腐っていきたくはない。

ガレーン博士　その場合でも、臭い消しでご対応いただけるのではないかと。

枢密顧問官　わかった！――手紙をよこせ！

ガレーン博士　どうぞ、顧問官――

枢密顧問官　〔手紙を読む〕さて、〔咳をする〕ふむふむ――ストラデラ博士、これは私の教え子だね？　あののっぽだろ？

ガレーン博士　そうです、顧問官。とても背の高い。

枢密顧問官　〔読み続ける〕ったく！〔頭を振る〕いや、君――みんな、開業医じゃないか――いや、成果は出ているな！――いいかい、ガレーン、提案がある――この私が君の治療法を用いて、何人か試してみることもできる。だが、それ以上のことは難しいだろう？

ガレーン博士　いえ……たいへん光栄であるのは承知しているのですが……

枢密顧問官　――自分で、この治療法をほかの患者で臨床してみたい、か？

ガレーン博士　そうです、顧問官。こちらの大学病院で……私一人で試してみたいんです。

枢密顧問官　そのあとで発表をする、だろ？

ガレーン博士　ええ、ただ……ある条件の下で……

枢密顧問官　どういう条件だい？

ガレーン博士　――それは後ほどお話しします、顧問官。

枢密顧問官　〔椅子に腰かける〕結構。つまり、私の大学病院で君の治療法の有効性を確認する、だが、その治療法の取り扱いについては、君の専権事項にしておきたい。そういうことだね？

ガレーン博士　そうです、顧問官。つまり……

枢密顧問官　いや。もちろん、リリエンタール大学病院にこのような依頼をするのは、ガレーン博士、厚かましいことこの上ない。今、私は、君を階段から突き落としたい気持ちに駆られている。だが、君の気持ちがわからなくもない。医師は誰だって、自分の工夫で一儲けしたい気持ちをもっている。だが、治療法を企業秘密とするのは、医師のあるべき姿とは言えない。そんなことをするのは、詐欺でいんちきの藪医者だけだ。何よりも、今まさに苦しんでいる人々に対して、人間としてあってはならない振る舞いじゃないかね、その上――

ガレーン博士　ですが、顧問官――

枢密顧問官　まあ、待て。その上、同僚の医師に対しても、失礼千万だ。皆、患者の治癒を望んでいる。それが仕事だからな。そうだ。君は、自分の治療法を個人的な収入源と捉えている。だが、私は、研究者として、医者として、人類に対する義務とは何かをよくわきまえている。ガレーン博士、私たちの立場は根本的に異なるようだ。失礼。〔受話器を手にする〕第一助手を呼んでくれ。そう、すぐに。〔受話器を置く〕医師のモラルがこれほど落ちぶれるとは、何たる醜聞！ 奇跡の医者が現れて、謎の治療法から金を絞り出そうとしたかと思うと、そればかりか、箔をつけるために、この大学病院で臨床をしたいと。何たる恥知らず。

〔ノックの音〕

枢密顧問官　入れ！

第一助手　〔中に入る〕顧問官、お呼びになりましたか……

枢密顧問官　そうだ。チェン氏病の患者は何号室にいる？

第一助手　ほぼ全室です、顧問官。二号室、四号室、五号室……

枢密顧問官　治療費を払えていないのは？

第一助手　貧しい白病患者は、十三号室に集めています。

枢密顧問官　担当は？

第一助手　第一助手です、顧問官。

枢密顧問官　わかった。では、第二助手に伝えてほしい、今日から、十三号室の患者の処方および治療は、こちらのガレーン博士が担当になると。同室の患者は全員、かれの担当だ。

第一助手　顧問官、ですが――

枢密顧問官　何だ？　何か言いたいことでもあるのか？

第一助手　いえ、顧問官。

枢密顧問官　そうか。てっきり異論でもあるかと。それから、ガレーン博士の治療に関して責任を負うことは一切ないと第二助手に伝えておくこと。これは、私からの依頼事項だ。

第一助手　承知しました、顧問官。

枢密顧問官　下がってよろしい。

〔第一助手は退出する〕

ガレーン博士　何と言ったらいいのか……顧問官……感謝してもしきれません。

枢密顧問官　必要ない。すべては医学のためだ。学問の前では、ありとあらゆるものが優先される。たとえ強い嫌悪感を抱いていたとしても。すぐにでも十三号室を見てかまわない。〔電話を手にする〕婦長、ガレーン博士を十三号室に案内してくれ。――〔受話器を置く〕それで、期間は？

ガレーン博士　六週間もあれば……足りるかと。

枢密顧問官　そうか？　ガレーン博士、その間に魔法でも使ってくれるのかね？　ではこれで。

ガレーン博士　〔ドアのほうに下がる〕顧問官……心から感謝いたします――

枢密顧問官　うまく行くよう願ってる！〔ペンを取る〕

〔ガレーン博士は困惑しながら部屋から出る〕

枢密顧問官〔ペンを放り投げる〕この金の亡者め！〔立ち上がって、鏡の前に立ち、注意深く顔を眺める〕いや、ないな。まだ、出てはいないな。

幕

第一幕第三場

〔夜、ランプの下に集う家族〕

父〔新聞を読んでいる〕また、あの病気の記事か！　いい加減にしてほしいな。ほかにも気にしなきゃならないことが、毎日、山のようにあるんだから。

母　四階の奥さんだけど、具合悪いそうよ。もう誰もあの部屋には近づかないって……階段、臭わなかった？

父　いや。お、枢密顧問官のジーゲリウス氏のインタビューが掲載されている。世界的な権威だ、母さん、この人が言うことに間違いはない。私と同じことを言ってるはずだから、読んでみてごらん。

母　なんのこと？

父　ハンセン病なんてでっち上げだ。あちこちで症例が見つかると、新聞はすぐに大騒ぎする。誰かが風邪で寝込もうものなら、すぐに〈白い病〉だっていう始末だ。

母　うちの姉さんのところにも大勢いるって手紙に書いてたわ。

父　ばかげてる。ちょっとしたパニックになってるだけだ——ジーゲリウスによれば、この病気は中国発なんだと、興味深いな。ほらな、いつも言ってるだろ、中国をヨーロッパの植民地にして安定させないかぎり、安心できないって。こういう遅れた国が苦しんでいるのが一因だ。飢えと貧困で、衛生どころの話じゃない。それでハンセン病ってわけだ。——ジーゲリウスが言うところによれば、これは伝染病だと。何か対策を講じないと。

母　どうしたらいいの？

父　患者を隔離して、ほかの人と接触させないようにする。〈白い病〉の症状が出たら、すぐに隔離する。うちの上に住んでるばあさんがここで亡くなるとしたら、耐えられんな！　階段の臭いがきつくて、もう誰もこの建物には近寄れなくなる……

母　一人暮らしだから、スープでも持っていってあげようかしら。

父　よく考えろ！　感染しちまうぞ。お前が優しいばっかりに、うちにまで病気を運んでくることになる！　ぜったいだめだ！　廊下も消毒しなきゃいけなくなる。

母　どうやって？

父　おい待て、ったくばかな奴だな。

母　誰のこと？

父　この記者だよ！　よくもこんな記事を載せたな！　こんなふざけたことを書いてよく許されたものだ。編集部に手紙を書いて、文句を言ってやる。ばか者めが。

母　なんて書いてあるの？

父　「この病気は予防できない」……しかも、「五十歳前後の者は皆、この病気に罹患する」だと……

母　見せて？

父　〔新聞をテーブルの上に放り投げ、部屋中歩き回る〕愚か者め！　こんなこと書いていいと思ってるのか？　もうこの新聞は買わん。思い知らせてやる、ぜったい許さない。

母　〔読みながら〕あれ、あなた、そう言ってるのはジーゲリウス顧問官じゃない！

父　ばかげてる！　今日の学問や文明はいったいどうなってるんだ、ありえん話だ――伝染病がこんなに流行しているってことは、今は中世だとでも言うのか？　しかもどうして五十歳なんだ。職場でも一人が病気になったが、ちょうど四十五だった。五十前後の人間だけが病気になるのはどう考えても公平じゃない。いったいどうして、なぜなんだ――

娘　〔それまでソファで小説を読んでいた〕なぜって？　父さん、若い世代に場所を譲るためでしょ。そうならなければ、行き場がないんだから。

父　そうか？　それはいいね！　母さん、聞いたか？　なに、父さんや母さんが、お前たちを食わせてやってるのも、汗水流して働いているのも、お前たちのためじゃなくて、むしろ、お前たちの邪魔をしているだと？　行き場がないって？　病気に罹って、若い連中に場所を譲るだあ？　それは結構なご意見だな。

母　あなた、この子はそんなつもりで言ったんじゃないんですよ。

父　いや、そう言っただろ。父さんと母さんが五十になったら、ぽっくり逝ってほしいんだろ、なあ？

娘　自分のことしか考えないんだから。

父　じゃあ、どう捉えればいい？　五十前後の人間が死ぬって言うんだぞ。お前の言いたいことなどわかるわけがない。

娘　一般論を話しただけでしょ。だって、今の若者にはチャンスがないの、この世の中に十分な場所がないの。だから、私たち若者がどうにか暮らして、家族をもてるようになるには、何かが起きないとだめなの！

母　この子の言っていることにも一理あるわ、あなた。

父　ほら、一理ある。では、私たちはいちばん良い年齢で亡くなるってわけだな？

〔息子が入ってくる〕

息子　なに、どうしたの？

母　何も。父さんがちょっとご機嫌斜めなの……新聞であの病気の記事を読んでね……

息子　で？　なんで機嫌悪いの？

娘　新しい人たちに場所を譲るために、何かが起きないとだめって言っただけ。

息子　それで、父さん、機嫌悪いの？　驚いた。そんなこと、みんな、言ってるでしょ。

父　お前ら若い連中がだろ？　そのほうが、お前らには好都合だしな。

息子　そうだよ、父さん。この病気がなかったら、おれたち、どうなっていたことか。姉さんだって、まだ結婚できないだろ、おれも――まあ、とりあえず国家試験の勉強しないと。

父　そうだな。たっぷり外で遊んでたもんな。

息子　で、何？　試験に合格したからといって、仕事は保証されてないでしょ。でも、これから状況は改善されるかも。

父　五十前後の人間が次々死ぬから、だろ？

息子　そう。まあ、でも、もうすこし長生きしてほしいけど。

幕

第一幕第四場

〔大学病院、十二号室と十三号室の間の廊下〕

枢密顧問官　〔教授たちを引き連れて〕パル・イシ、シェール・コンフレール（フランス語で「さあ、皆さんこちらへ」）。ヒア・アー・ウィー、ジェントルメン（英語で「こちらです、皆さん」）。イッヒ・ビッテ・マイネ・フェアエールテン・ヘレン・コレーゲン・ヘラインツートレーテン（ドイツ語

で「同僚の皆さん、中にお入りください」）。〔十三号室の中へ案内する〕

第一助手　あの老いぼれもどうかしているな。いつも、ガレーン、ガレーンと奴のことばかり。今度は、世界中の専門家を引き連れて、奇跡の見学だと。再発患者が出ようものなら、赤っ恥をかくぞ。きっとまた斑点が出てくるにちがいない、賭けてもいい。

第二助手　どうして？

第一助手　おれはひよっこじゃない。医学にも限界があることはわかってる。でも、この病気を治療できると思っているなら、あの老いぼれの脳みそもいかれてるな。おれもここで働くようになってもう八年になる。ちょうどいい診療所を見つけたから、開業医を始めるつもりだ。ハンセン病も流行ってるから、今がいい潮時だ。チェン氏病を治してやる。

第二助手　ガレーンの治療法で？

第一助手　いや、リリエンタール大学病院の治療法だ。ここで無駄に八年間過ごしたわけじゃない。この病院が成果を出していることも知られるようになってきた

第二助手　でも、ガレーンはあいかわらず治療法については口を噤んでいる――

第一助手　ガレーンは引っ込んでいればいいんだ！　奴とはぜんぜん口を利いてないが、十三号室の看護婦によると、マスタードみたいな黄色い液体の入った注射を患者に何回も打ってるらしい。それで、白病患者に処方する強壮剤や鎮静剤を混ぜて、黄色に着色してみた。――意外といいんだ、これが。自分に打ってみたら、うん、とくにどうともならないが、変な副作用もない。けれど患者を落ち着かせる効果はある。これで始めてみるつもりだ。〔ドアに耳を当てる〕じいさんが説教してる。「この治療法の公表は、もうすこし先になります――」と。よくわかってる。治療法のことは、おれと同程度の知識しかないからな。――今度は、中国人と英語で話してる。あのじいさんは外国語だけは達者だ。それで、学者としてのキャリアも手に入れたようなもんだ！　おれが開業医になって順調になるまで、治療法の発表は、ガレーンには待ってもらいたい。

第二助手　でも、おいしいところは最終的には奴が総取りだろ――

第一助手　いや、そんなことは気にしてない。この大学病院で臨床が終わらないうちは、個別の患者にこの治療法を使わないとガレーンは顧問官に約束している。そのあいだに、おれはこの病気で一儲けするんだ――

第二助手　それにしても、ガレーンは約束をかたくなに守ってる――

第一助手　〔肩をすくめる〕そう、おかしな奴だからな！　郊外にある診療所も閉めて、まったく診療もしてないらしい。十三号室の看護婦が言ってたが、ろくに飯も食べてないらしい。ポケットにパンが何切れか入ってるだけだって。患者と同じく、昼食を運ぼうとしたら、管理人に止められたって。ガレーン博士は医療従事者のリストに入っていないからって。まあ、その通りだな。

第二助手　うちの母さんだけど……首筋のところに白い斑点ができたんだ。それで、ガレーンに診てくれないかって頼んでみたら、できないってさ。ジーゲリウスに約束したからって――

第一助手　つれない奴だ！　人付き合いがまったくできてない。

第二助手　そこで顧問官に、例外を認めてもらえないかとお願いしてみた……私の母なのでと――

第一助手　それで、返事は？

第二助手　「君、この大学病院ではいかなる例外も認めない。以上」。

第一助手　奴も同じだ。じいさんも頑固だからな。だがガレーンなら聞いてくれる余地はあるかもしれない。二人は、どんな約束をしたんだか？　あいつめ！

第二助手　これが母さんでなければ……私が医学を学べるようにあれほど倹約してくれたというのに……いや、でも、あの人がきっと治してくれるはず、そう信じている！

第一助手　ガレーンが？　おいおい！　それはないだろ！

第二助手　でも、結果は出てる――奇跡だ！

〔十三号室から教授たちと枢密顧問官が出てくる〕

教授１　アイ・コングラチュレイト・ユー、プロフェッサー！　スプレンディッド！　スプレンディッド！（英語で「教授、おめでとう！　素晴らしい！　素晴らしい！」）

教授2　ヴィルクリッヒ・ユーバーラッシェント！　ヤー、エス・イスト・エアシュタンリッヒ！（ドイツ語で「ほんとうに驚きです！　目覚ましい成果です！」）

教授3　メ・フェリシタシオン、モナミ！　セタン・ミラクル！（フランス語で「友よ、おめでとう！　奇跡だ！」）

〔話をしながら、すこしずつ移動する〕

教授4　失礼、君。素晴らしい成果をお祝いしたい。

枢密顧問官　いえいえ、この成功はリリエンタール大学病院のものです。

教授4　ところで、あの人物は誰だね？

枢密顧問官　十三号室にいる？　ああ、医師です、えっと名前は――たしか、ガレーンかと。

教授4　助手かね？

枢密顧問官　いえ、まさか！　ただ出入りしているだけです……チェン氏病に関心があるとかで。リリエンタール大学の出身者です。

教授４　それにしても、見事な成功だ。ところで……一人、知り合いの患者がいてね……この病に罹っていて……私も関係がある人物で。じつは……〔枢密顧問官の耳に囁く〕

枢密顧問官　〔ヒューと音を出す〕なんと！

教授４　こちらに回してよいかね？

枢密顧問官　ご事情は理解いたします。ただ、外来ではなく、直接私に連絡するようお伝えください。まだ個人の患者には、この治療法を処方していないのです——

教授４　もちろん、承知している、だが——

枢密顧問官　——ですが、特別にご希望に沿うことも——

教授４　——それはそれは——とくに、このような患者ですから——

枢密顧問官　喜んで、お引き受けします。

〔二人は、ほかの教授たちに続く〕

第一助手　聞いたか？　相当な金を積んでるな。

第二助手　母さんのことなど気にもかけなかったというのに。

第一助手　ほら、金とコネだよ――ったく。おれも、こういう患者に巡り会えたらな。

〔十三号室から、ガレーン博士が頭を出す〕

ガレーン博士　もう、いませんか？

第二助手　先生、何かご用ですか？

ガレーン博士　いや、いや、結構……大丈夫。

第一助手　さあ、行こう！　ガレーン先生は一人になりたいんだ。

〔助手たちはその場を去る。ガレーン博士は周りを見渡し、ほかに誰もいないのを確認すると、ポケットからパンを取り出し、ドアに寄りかかって食べはじめる〕

〔枢密顧問官が戻ってくる〕

枢密顧問官　おお、ちょうど、君と話をしたかったんだ、ガレーン。改めて、礼を言おう。素晴らしい成果を収めている。大成功と言っていい！

ガレーン博士　〔呑み込み〕いえ……もうすこし様子を見ないといけません、顧問官……

枢密顧問官　もちろん、童子博士、当然だ！　とはいえ、目を見張る結果が出ている。――忘れないうちに言っておくが、一人、私費の患者を診てもらいたい。

ガレーン博士　ですが……今は、個人の診療はできません……

枢密顧問官　わかってる、君の仕事ぶりは称賛に値するものだ。学術研究に没頭する、それは結構だ。だが、この患者は、君のために、私が特別に受け入れたんだ。一級の患者だ、ガレーン。

ガレーン博士　顧問官、以前お約束したように……この治療法を使うのは……十三号室の患者だけです。

枢密顧問官　そうだ。だが、この患者にかぎっては、その約束を免除しよう。

ガレーン博士　ですが……私は、守り続けたいのです、顧問官。

枢密顧問官　どういう意味だね？

ガレーン博士　治療法が確実になるまでは、ほかの誰も治療しません……

枢密顧問官　言っておくが、ガレーン、直々に私への依頼があったのだ。

ガレーン博士　申し訳ありませんが……

枢密顧問官　たしか、この大学病院の院長は私だったはず。つまり、仕事を割り振るのもこの私ではないか。

ガレーン博士　その患者を十三号室に入れるのでしたら、もちろん……

枢密顧問官　どこに？

ガレーン博士　十三号室の床の上です。空床はありませんので。

枢密顧問官　それはありえない話だ、ガレーン。このようなお方を一般病室に入れるなんてことはできない。ここに来るぐらいなら、死んだほうがましだと言うはず。たいへん裕福なお方なんだ。それは論外だ。お願いだ、童子（ジェチナ）、そういうことはやめて――

ガレーン博士　顧問官、私が治療するのは十三号室だけです。約束は破れません……先ほど部屋に入れなかったので……そろそろ患者のところに戻らなければなりません。

枢密顧問官　悪魔のところにでも行くがいい、お前っていう奴は――

ガレーン博士　失礼いたします。〔十三号室に下がる〕

枢密顧問官　――愚かな奴だ！　私の面目をつぶす気か。

〔第一助手が近づいてくる〕

第一助手　〔咳をする〕顧問官、よろしいでしょうか……たまたま、お話が耳に入ったもので――ガレーン博士の行動は前代未聞です。そこで思いついたのです……ガレーン博士が治療に用いる薬の色に似た注射液をつくりました。その違いは見分けられないほどです。

枢密顧問官　それで？

第一助手　ガレーン博士の本物の注射の代わりに……これを利用することもできるかと。副作用は一切ありません。

枢密顧問官　で、効果は？

第一助手　顧問官ご自身が処方された強壮剤が入っています。患者の気休めにはなるかと――

枢密顧問官　だが病気の進行を止めるものではない？

第一助手　……ガレーン博士の注射でも、効果が見られない患者がいます、顧問官。

枢密顧問官　――たしかに、そうだ。だがジーゲリウス教授は、そういうことには手を出さん。

第一助手　承知しております、ですが――顧問官も、この患者の受け入れをやすやすと断ることもできないかと――

枢密顧問官　たしかに、そうだ。〔処方箋の紙束を取り出し、何か書き記す。冷ややかな軽蔑の視線を投げかける〕ところで、このまま研究を続けるのもどうなんだ？　個人で開業する気はないのかね？

第一助手　ちょうど考えていたところです――

枢密顧問官　では、助言してあげよう。〔処方箋を引きちぎって渡す〕まず、この人物のところに立ち寄りなさい。そのあと、君を患者のところに……連れて行ってくれる、いいかね？

第一助手　〔お辞儀をする〕ありがとうございます、顧問官！

枢密顧問官　後はよろしく。〔足早に立ち去る〕

第一助手　〔胸の前で手を組む〕よくやった！……おめでとう、親愛なる君！　博士！　ようやくこれで仲間入りができた！

幕

第一幕第五場

〔同じ廊下。白い看護衣を着た男たちの列。明らかに軍人の姿勢〕

〔署長は腕時計を見る〕

第二助手　〔息急き切って駆けてくる〕署長、ただいま電話がありました――元帥閣下の車が出発されたそうです。

署長　では、もう一度繰り返す。病室はすべて――

第二助手　――今朝九時以降、施錠してあります。関係者は全員、玄関ホールに集合。厚生大臣も到着されています。私も失礼します――〔その場を去る〕

署長　気をつけ！〔看護衣の男たちが気をつけの姿勢をとる〕最後にもう一度。ここは、元帥閣下一行以外の者は誰も通さぬこと！――休め！

〔車のサイレン音〕

署長　到着されたぞ！　気をつけ！〔舞台袖から退場〕

〔静寂。どこか下のほうから、歓迎の挨拶が聞こえる。――私服の男性が二人、足早に廊下を通り、看護衣の男たちが敬礼をする〕

〔軍服姿の元帥が到着、隣には枢密顧問官、反対側には厚生大臣がいる。その後ろには随行員、将校、医師が続く〕

枢密顧問官　――こちらが十二号室になります。こちらにはチェン氏病治療の被験者の患者がおりますが、結果を比較するため、新しい治療法を施しておりません

――

元帥　なるほど。拝見しよう。

枢密顧問官　閣下、その前に失礼ですが、一言申し上げます。この病気は感染症でありますゝその上、見るに堪えないことも――また、ありとあらゆる処置を講じているにもかかわらず、耐え難い臭気を放っております。

元帥　我々軍人、それに医師はありとあらゆるものを耐え忍ぶことに慣れている。

入るぞ！〔十二号室に入る。随行員たちも全員、後に続く〕

〔一瞬静まる。十二号室からは枢密顧問官の声だけが聞こえる。しばらくして、第二助手に支えられた大将がよろめきながら出てくる〕

大将　〔呻き声を上げる〕おぞましい！　何ともおぞましい！

〔十二号室から、ほかの側近が出てくる〕

副官　〔ハンカチで鼻を押さえ〕何たる恥ずべきこと！　こんなところに客人を招くとは。

別の側近　おお、まったく。

大将　元帥閣下は、よく耐えていらっしゃる！

厚生大臣　諸君、私は失神寸前だ。

副官　元帥閣下をここにお呼びするとは！　誰の発案だ？　抗議しよう――

別の側近　ご覧になられたか……ご覧に……あの様子を？

大将　思い出させるな！　一生分、拝ませてもらった。軍人として色々なものを見てきたつもりでいたが、諸君――

第二助手　皆さまに香水をお持ちしましょう。

厚生大臣　ぜひお願いしたい。

〔第二助手はその場を走って去る〕

副官　気をつけ！

〔側近たちはドアの前から離れる。元帥が部屋から出ると、枢密顧問官、医師たちが続く〕

元帥　〔立ち止まる〕諸君は耐えられなかったようだな。――では、次。

枢密顧問官　十三号室には、まったく異なる風景がございます。こちらでは新しい治療法を施しております。元帥閣下ご自身の目でご確認いただきたく――

〔元帥が十三号室に入る。枢密顧問官と医師が続く。ほかの随行員たちはためらい、ドアの中を覗いてから、一人ずつ十三号室に入る。静けさ。枢密顧問官の落ち着き払った声だけが響く〕

舞台袖の声　待て！

別人の声　通してくれ、私はあそこに用事があるのだ——

署長　〔袖から顔を出す〕なんだ？　誰だ？

〔看護衣を着た二人の男がガレーン博士の腕をつかんで連れてくる〕

署長　ここに入れたのは、誰だ？　お前は、何の用だ？

ガレーン博士　患者のところに行かせなさい！

〔第二助手が香水の瓶を手にして戻ってくる〕

署長　この男を知っているか？

第二助手　ガレーン博士です、署長。

署長　何か用事があるのか？

第二助手　ええ、まあ。十三号室で作業をしてます。

署長　そうか、それは失礼。こちらの方を放して。とはいえ、ほかの医師同様に、九時に集合しなかったのはなぜなのだ？

ガレーン博士　〔腕をさすりながら〕私には時間がない……患者のための薬を作っていたんだ。

第二助手　〔小声で〕ガレーン博士は呼ばれていなかったのです。

署長　ふむ、なるほど。では、こちらで一緒に待機なさってください、博士。元帥閣下が退出されるまではこちらで待っていただきます。

ガレーン博士　私はただ……

署長　いや、こちらへ！〔袖のほうに連れていく〕

〔十三号室から、元帥、枢密顧問官らが出てくる〕

元帥　祝福の言葉を贈ろう、ジーゲリウス。奇跡と言ってよいのではないか。

厚生大臣　〔紙を読み上げる〕「元帥閣下、本省の名において……」。

元帥　ありがとう、大臣。〔枢密顧問官のほうを向く〕

枢密顧問官　閣下、何と申し上げればよいか……私ども、リリエンタール大学病院に対して、これほど高い評価をしていただけるとは……とはいえ、私ども研究者は、これよりもはるかに悪性の腫瘍に対して私どもの力がいかに微々たるものか重々承知しております。無政府主義者という腫瘍、野蛮な自由という名の伝染病、腐敗という疫病、社会の腐食というペスト、これらは、我が国民の体内組織に襲いかかり、衰弱させたのです——

称賛する声　その通り！　ブラヴォー！

枢密顧問官　このような貴重な機会を賜り、わたくしは、一人の医師として、断固たる外科手術によって国民を蝕む病気を治癒され、救済をもたらした偉大なる医師である元帥閣下に最大の感謝の念を表明したいと存じます。〔元帥の前で深くお辞儀をする〕

称賛する声　万歳！　万歳！

元帥　〔手を差し出す〕ありがとう、ジーゲリウス。君も、偉大なる成果を生み出してくれた。ではまた！

枢密顧問官　身に余る光栄でございます、感謝申し上げます、閣下。

〔元帥は、枢密顧問官、随行員、医師らとともに退出する〕

署長　〔袖から出てくる〕さあ、終わった。気をつけ！　二列縦隊、後尾につけ。〔看護衣の男たちが側近の後をついていく〕

ガレーン博士　もう入っていいかね？

署長　博士、元帥閣下が退出されるまで、もうすこしお待ちを。〔十二号室に行き、中を覗いてみるがすぐにドアを閉める〕いやはや！　医師の皆さんは、この中を行ったり来たりされるのですか？

ガレーン博士　え？　もちろん。

署長　いやはや、博士、あの方は偉人だ。英雄だ。

ガレーン博士　誰がです？

署長　元帥閣下だ。あの部屋に二分間もいらっしゃった。私は腕時計で測っていたんだ。

〔車のサイレン音〕

署長　出発されたようだ。さあ、中にどうぞ、博士。先ほどは足止めをし、失礼しました。

ガレーン博士　いえ、大丈夫です。お会いできて光栄でした。——〔十三号室に入る〕

〔第二助手がやってくる〕

第二助手　さて、新聞の記者さんたちはどちら？〔横切る〕

署長　〔腕時計を見る〕うむ。それほど長くはいられない。〔その場を去る〕

第二助手の声　こちらです、皆さん、こちらへ。枢密顧問官はまもなく参ります。

〔第二助手とともに、記者の一団が登場〕

第二助手　まず、こちらの十二号室では、私どもの治療法を用い・な・い・場合、〈白い病〉の症状がどのようなものかご覧いただけます。入室するのはあまりお勧めいたしませんが……

記者の一団　〔十二号室に入るが、すぐに怖気づき退出する〕さて、中は？――戻れ！――通してくれ！――あれはひどい！――見てられない！

記者　あの連中は……回復の見込みなどないんだろ？

第二助手　ええ。こちらの十三号室では、私どもの治療法を実施して数週間後、どのような成果が現れているか、ご自身でご確認いただけます。さあ、今度は心配なさらずに――

〔記者の一団はおずおずと十三号室に入る。全員が入室する〕

〔興奮気味の枢密顧問官が戻ってくる〕

第二助手　顧問官、新聞記者の皆さんは、今、十三号室にいらっしゃいます。

枢密顧問官　すこし一人にしてくれないか。しばし感慨に浸っていたいんだ……うむ、何、どこだ？

第二助手　〔十三号室のドアのところで〕皆さん、枢密顧問官がたった今到着しました。

記者の一団　〔廊下に出て〕何という奇跡！――素晴らしい！――すごいことだ！

第二助手　お好きな場所に、皆さん。顧問官が会見いたします。

枢密顧問官　皆さん、失礼、私は、今、たいへん興奮しておりまして……先ほど、元帥閣下が、哀れなる患者の病床を見舞われたのです、思いやりと不屈の精神を示しつつ……皆さんにもご覧になってほしかった……忘れることのできない一瞬でした！

記者　何と発言されたのです？

枢密顧問官　過分なお言葉を賜りました。

第二助手　顧問官に代わりまして、申し上げます。「ありがとう、ジーゲリウス。君も、偉大なる成果を生み出してくれた。ではまた！」

枢密顧問官　そう、元帥閣下は、私を高く評価してくださいました。ちまたで〈白い病〉と呼ばれる病気の安全な治療法がついに見つかったのです、皆さん、ぜひ書き留めていただいて結構……中世のペストよりも恐ろしい、人類史上もっとも猛威をふるった病気でした。ですが、今となっては、脅威の規模を隠す必要などありません。我が国民が勝利の菩提樹を手にし、まさにそれがなされたのが、偉大なる教師かつ先駆者のリリエンタールの名を冠したこの大学病院であったことに、私は誇りを感じております。

〔ガレーン博士は、十三号室のドアの前で疲労困憊した様子で立っている〕

枢密顧問官　ガレーン君、こちらに！　皆さん、かれもまた、称賛すべき戦士の一人です。医学の世界では、名声は個人のものではありません。私たちは人類のために仕事をしているのです——童子（ジェチナ）、さあ、遠慮しないで。私たちは皆、看護婦にいたるまで、課せられた務めをそれぞれ果たしています。この尊き日に、すべての献身的な同僚諸氏に感謝の念を表明でき、たいへん嬉しく思います。

記者　顧問官、先生の治療法がどういうものか、ご説明いただけますか？

枢密顧問官　お断りしなければならないのは、これは私の治療法ではありません。リリエンタール大学病院の治療法です。治療法の詳細については、医師の皆さんに改めてお伝えします。治療法は、専門家の手にのみ委ねられるものですから。ただ、このように書いてください。殺戮を繰り広げた病気の特効薬が見つかった、と。まずはこれだけです。ですが、この記念すべき日を永遠の記憶に留めることを所望されるようでしたら、我が国の偉大なる総司令官……我が国の元首のことを……お書きください……恐怖と感染の脅威に打ち勝ち、患者の許に歩み寄った偉大なる英雄のことを……それは超人ともいうべきものでした、皆さん！　ほんとうに言葉がありません……そろそろ失礼いたします、患者が待っておりますので。では。また何か必要でしたら、いつでもお越しください。〔足早に立ち去る〕

記者　さて、撤収するか？

ガレーン博士　〔前に歩み寄る〕すみません、皆さん……あとすこし……伝言をお願いしたいのです、私は、貧しい患者を診る医者のガレーンです……

記者　誰に伝えてほしいのですか？

ガレーン博士　誰？　世界中の国王や統治者にです……私からのお願いだと……私は戦争に行ったことがあります、従軍医師として……二度と戦争を起こしてほしくない、と。わかりますか？　そう書いてください！

記者　耳を傾けるとお思いですか？

ガレーン博士　ええ……お伝えください、さもなければ、この病気で命を落とすことになると……チェン氏病の薬は、私の発明品なんです、いいですか？　もう人殺しをしないと約束するまで……私は薬を渡しません……お願いです、記事にしてください、これは私からの伝言だと！　ほんとうに……治療法を知っているのは私だけ、病院のほかのスタッフに尋ねてもらってもいい。治療できるのはこの私だけだと……国を統治している人物は皆、十分に年を取っている……つまり、生きたまま腐っていくことになると……この病室の患者同様に。この病はありとあらゆる人が罹る……例外なく、すべての人が……

別の記者　あなたは、人が亡くなるのを放っておくのですか？

ガレーン博士　では、人々が殺し合いをするのを、あなたは放っておくのか？　なぜだ？……鉛の玉やガスで人を殺してもいいとしたら……私たち医者は、何のために人の命を救うのか？　子どもの命を救ったり、骨瘍を治療したりすることが……どんなにたいへんなことか……わかってほしい……にもかかわらず、すぐに戦争だという！　医師として……銃やイペリットガスからも人々を守らなければならない。こういうものがいかに人間をだめにするかわかっています……いいですか、私はただ医師として述べているのです――私は政治家ではありません、皆さん、ただ医師としての義務があるのです……あらゆる人間の命を救う義務が。そうではないですか？　これは医師としての務めなのです、戦争を防ぐことが！

記者　ですが、どうやって防ぐんです？

ガレーン博士　どうやって？　ただ……かれらが戦争から手を引けばいいのです。そうすれば、〈白い病〉の薬を提供します。

〔第二助手が足早に去る〕

記者　どうやって、世界中の支配者に従ってもらうんですか？

ガレーン博士　どうやって？……それはほんとうに難しいことです。私とは、交渉のテーブルにさえついてくれないのはわかってます。ですが、皆さんが新聞で書いてくだされば――こう書いてください……この薬を入手できるのは……二度と、二度と、二度と戦争をしないと誓う民族だけだと、いいですか？

記者　自己防衛は？

ガレーン博士　自己防衛……たしかに、私も自分の身は自分で守ると思います。誰かが我が国に攻撃を仕掛けてきたら……発砲するでしょう……だからといって、どうして攻撃兵器を破棄できないのでしょう……どうして、それぞれの国で兵器の制限ができないのでしょう――

別の記者　ありえない。今どき、そんなことをする国などない。

ガレーン博士　ない？　じゃあ……自国民をみすみす死なせるのですか？　どうです？　これほど多くの人々をいたずらに苦しませておくのですか？　それで……それで、人々は賛同するのでしょうか？　暴動を起こすことはないとお思いですか？　ですが、権力者たちは生きながら腐っていく……いや、かれらは恐れを抱くはず……誰も彼もが……

記者　おっしゃっていることにも一理ある。ですが、一般市民はどうしたらよいのです？——

ガレーン博士　そう。こうお伝えください。心配する必要はありません、薬はできています——恒久平和を約束するよう統治者に働きかけるのです……あらゆる国と恒久平和条約を締結するようにと……そうすれば、〈白い病〉を恐れることはない、と。

記者　もし、どの国の政府も応じなかったら？

ガレーン博士　たいへん残念ですが……その場合、私の薬は提供できません。どうしてもできないのです。

記者　その場合、薬はどうするんですか？

ガレーン博士　え？　薬？　医師である私は……治療をしなければなりません。貧しい患者さんを治療します……

記者　どうして、貧しい人たちだけなんです？

ガレーン博士　なぜって、貧しい人たちは大勢いるからです。それはとてつもない作業です！　ですが、〈白い病〉が治癒した多くの患者を……お見せすることができます。

記者　金持ちは治療の対象外ということですか？

ガレーン博士　残念ですが……できません。金持ちは――金持ちの方には影響力があります――権力も金もある人が心から平和を望めば……可能ではないでしょうか。

記者　金持ちの人たちからすれば、不公平だと思いませんか？

ガレーン博士　そうです。おっしゃりたいことはわかります。ですが、貧しい人が貧しいのも、不公平だと思いませんか？　そう、これまでも、貧者のほうが多く命を落としています、そうでしょう――こんなことはあってはならないのです、許されてはならないのです！　生きとし生けるもの、誰もが、生きる権利を持っている、そのはずです。軍艦をつくるのと同程度の予算を病院に充当すれば――

〔枢密顧問官が第二助手とともに足早にやってくる〕

枢密顧問官　記者の皆さん、そろそろお引き取り願います。ガレーン博士は神経を病んでいるのです。

記者　いえ、興味深い話でした――

枢密顧問官　皆さん、このドアの向こう側では伝染病が広がっています。一刻も早くこの場を離れることが皆さんご自身のためかと。第二助手、記者の皆さんを出口までご案内して。

〔記者の一団は退出〕

枢密顧問官　ガレーン、頭でもおかしくなったのか！　我が病院で、ばかげた、扇動的な言葉を発するのを見過ごすわけにはいかない――しかも、こんな晴れ晴れしい日に！　本来ならば、扇動罪で君を即刻連行しなければならないところだ、わかるかね？　だが、君は医者だ、そうはしないでおこう。働きすぎなんだ。さあ、行こう、童子(ジェチナ)！

ガレーン博士　どうして？

枢密顧問官　化学式、薬の正確な処方を教えてもらう、そのあと、君にはたっぷり休んでもらう。君には休息が必要だ。

ガレーン博士　枢密顧問官、私の条件はお伝えした通りです……そうでなければ……

枢密顧問官　そうでなければ？　なんだ？　どうなる？

ガレーン博士　残念ですが……私の薬はお渡しできません、顧問官。

枢密顧問官　正気で言っているのか、それともお前は国賊か、ガレーン！　医師としての振る舞いを忘れぬよう強く求めたい。病人を救うこと、それが君の務めだ。ほかのことに煩わされてはいけない。

ガレーン博士　ですが、私は医師として、これ以上、殺し合いが続くのを傍観できないのです――

枢密顧問官　だが、そういう見解をこの大学病院内で表明することは許さん！　私たちが奉仕しているのは人間愛ではない、学問であり——そして国民だ、君。ここが国立の施設であることを忘れてはならない。

ガレーン博士　では、どうして——なぜ、我が国は恒久平和に関する条約を締結できないのです？……

枢密顧問官　なぜなら、それはできるものではなく、してはならないからだ。君は外国出身だから、我が国民の使命や未来に関する明確な考えを持っていないようだ。戯れ言はそれまでだ！　さあ、ガレーン博士、大学病院長のこの私に薬の配合を教えること、これが最終通告だ。

ガレーン博士　たいへん残念ですが、顧問官……それはできかねます。

枢密顧問官　——なら、ここを去れ！　二度とこの病院に足を踏み入れるな！

ガレーン博士　……わかりました、顧問官。ほんとうに残念です——

枢密顧問官　私もだ。チェン氏病で死にゆく患者たちのことで心を悩ませていないとでも思っているのか？　どうだ？　私が自分の姿を見て、不安に駆られていないとでも思っているのか？　私の姿を見るがいい！　病気の特効薬を発見したと華やかに発表したが、それもおしまいだ――学者としての名誉も、これで失墜した。童子博士(ジェチナ)、これがどんなに恥さらしか、私は承知している。だが、君のユートピア的な脅迫を吞むくらいならば……この敗北を甘んじて受け入れよう。ひと時でも、平和主義という君のペストに罹るぐらいなら、世界中がこの病気に罹って命を落とせばいいではないか。

ガレーン博士　いえ、それはなりません……医師がそんなことを口走ってはいけません！

枢密顧問官　幸いにも、私は医者であるだけではない。そう、私は国家にも仕えているのだ。――失せろ！

幕

第二幕　クリューク男爵

第二幕第一場

〔夜、ランプの下に集う家族〕

父　〔新聞を読みながら〕ほら、母さん、あの病気の薬がもうできたらしい。ここに書いてある。

母　よかった。

父　同感だ。私が言っただろう。今日の文明にあって、これだけの人がずっと死に続けることはないって！　五十歳が人間の寿命であるわけないだろう？　なあ、母さん――私はこの世に生まれてよかったと改めて思うよ。だが人間は恐怖を抱くものだ――うちの職場でも、三十人もの仲間が〈白い病〉で亡くなった、みんな、五十前後だ――

母　そうなの！

父　そうだ、話したいことがあるんだが――今朝、クリューク男爵が直々に私を呼んで、こう言ったんだ、「経理部長が亡くなった、しばらく君が担当してくれないか、二週間以内に君を部長に昇進させよう」――いや、ほんとは正式に辞令が出てからお前を驚かそうと思ったのだが、今日はこんなに喜ばしい日だからな――どうだ？

母　もちろん、誇りに思うわ、あなたのこと。

父　自分のことだろ？　年収で一万二千は給料が増えるぞ！　そういえば、お前の誕生日に贈ったワインはあるか――

母　〔立ち上がって〕子どもたちは待たなくていいの？

父　かまわんだろう！　娘は男と一緒だろうし、息子は明日、国家試験だ――さあ、持ってきて！

母　はい、はい。〔その場を去る〕

父　〔新聞を読みながら〕――中世のペストよりも脅威とある。でも、今はもう中世じゃない！　今どきの人間はそうばかな死に方はしない。――〔さらに読む〕おっ――我らが元帥閣下じゃないか、我らが英雄だ！　だが、私はぜったい患者のところなんかには行かないね。ありえない。〔新聞を投げ捨て、立ち上がり、うろうろして、手をこする〕こちらが経理部長です！　よろしく、部長！　具合はいかがかな？――ええ、閣下、責任は重大でして、って感じか――

〔母が、ワインボトルとグラスを一つ持ってくる〕

父　グラスは一つか？　お前は飲まないのか？

母　私はいいわ、一人で召し上がって。

父　じゃあ、お前の健康を祝して！〔飲む〕キスはしてくれないのかい？

母　――なに言ってるの、放して。

父　〔自分でワインを注ぐ〕クリューク社、経理部長に乾杯！――さあ、これから毎日、百万、数百万という金が私の手を通っていくことになる！　若造にはできない技だ。五十を越えた連中が不要だと！　誰が不要か、思い知らせてやる。〔飲む〕三十年前、私がクリューク社に入社した時、誰が想像しただろう――この私が経理部長になるとは！　これはすごい出世だ、母さん。そう、私は身を粉にして働き、忠実に仕えてきた。――クリューク男爵は、私のことを友人扱いしてくれる、若い連中には「おい」だけだが。私には、「君がしばらく経理を担当してくれ」――「わかりました、男爵」。こういう感じだ。――じつは、このポストを狙っていたのは五人もいたんだ。だがみんな、死んでしまった。〈白い病〉に罹って。まあ、なんて言うかな――

母　なに？

父　いや、なに――娘が結婚して、その連れが仕事を見つける――そして息子も公務員になる、まあ国家試験をパスすればだが――そしたら、何もかも〈白い病〉のおかげだ！

母　ねえ！　そんな言い方はしちゃだめ。

父　だって、ほんとうだろ！　だって、私らにしてみれば、渡りに船だろ――ほかの多くの連中もそうだ――この運命に感謝しないと、母さん。この〈白い病〉がなかったら――わからないぞ、今みたいないい生活ができていたかどうか。そう。今や、薬も見つかった。――もう、私たちの身は安全だ。そういえば、まだ読みかけだった。〔新聞を手にする〕ほら、いつも言っている通りだ。ジーゲリウス教授は権威だ。教授の大学病院で、薬が開発された。我らが元帥も訪問されている。――お前も読んだほうがいいぞ。超人がいたかのようなひと時だったらしい。まあ、そうだろう。一度だけ、車に乗っている姿を拝見したことがある、あっという間に通り過ぎたが。――偉大な方だ。素晴らしい軍人だよ、母さん。

母　で……戦争になるの？

父　そうに決まってる。母さん、これで戦争がなかったら、罪というものだ、これほど優秀な司令官がいるというのに。クリューク・コンツェルンでは、今、三交代制の勤務で、軍需品ばかり製造してる――いや、これは内々の話だが、今度は新しいガスの製造も始めた――とんでもない代物になるらしい。男爵は、現在、工場を六棟建設している。――わかるだろう、こういう時に私が経理部長となるってことは、それだけ信頼されている証拠だ。愛国者としての義務を感じていなかったら、私は引き受けなかっただろうよ。そういうことだ。

母　私はただ……うちの子が兵役に行くようなことにならなければいいけど。

父　義務は果たすだけだ、母さん――〔飲む〕そもそも、奴が兵役に行っても、十分にこなせんだろう。心配は無用、来るべき戦争は一週間と続かない。敵が戦争だと気づく前に粉砕されている。今日の戦いはそんな具合なんだ、母さん。さあ、新聞を読ませてくれ。

〔沈黙〕

父　〔新聞を投げる〕なんて奴だ！　よくもまあ、こんなことを――新聞が掲載するとは！　この男を捕まえて、射殺しないと！　国賊じゃないか。

母　誰のこと、あなた？

父　ここにこう書いてある――ガレーン博士という奴が薬を開発したらしい。だが、恒久平和条約を締結しない国には、この薬を提供しないと言っているらしい――

母　それのどこが悪いの？

父　よくもまあ、そんなことをぬけぬけと訊けるな？　この時分、どの国もそんなことはできない！　武器に何十億費やしたと思う！　恒久平和？　それこそ犯罪だ！　そうなったら、クリュークの会社も倒産だろ？　二十万人の従業員を路頭に迷わせるってか？　しかも、お前は、それのどこが悪いかと訊いてくる。この医者を逮捕しないと！　今日、平和を口にするのは扇動罪だ！　どんな権利があって、世界中が武装解除するよう頼めるっていうんだ！

母　だって、薬を見つけたんでしょ……

父　それも怪しい！　いいか、このならず者は医者なんかじゃないな、スパイか、活動家で、外国から金をもらって仕事をしているはずだ。――そう、こいつに気をつけないと！　問答無用で逮捕だ。そして、白状させる。そうするがいい。

母　でも、ほんとうに薬を持っていたらどうする？〔新聞を手にする〕

父　それはもっとたちが悪い。奴の手をプレスにかけ、自供するまで絞ってやる。なあ、人に吐かせるには、今だといろんな手段があるんだ！　このばか野郎が、平和とかいう自分の愚かな理想のために病気をのさばらせておくとは？　それこそ、結構な人間愛だ！

母　〔新聞を見る〕でもこのお医者さんは、殺し合いをやめさせたいって言ってるだけじゃないの——

父　ばかか！　国民の誇りってもんはないのか？　我らの国家がより多くの領土を必要としている時に、土地を善意で提供する国があると思うか。殺し合いに反対するのは、最大の国益に逆らうのと同じだ、わかるか？

母　ううん、わからない、父さん。私は望むけどね、平和を……私たちみんなのために。

父　母さん、お前とは喧嘩をしたくはないが——言っておく、もし私が、この〈白い病〉か、永遠の平和のどちらかを選ばなければならないとしたら、私は〈白い病〉のほうを選ぶ。そういうことだ。

母　――どう思おうと勝手だけどね、あなた。

父　どうした？　具合悪いのか――どうして首にスカーフを巻いているんだ？　寒いのか？

母　ううん。

父　じゃあ、取りな、風邪引いたのか。どれどれ。〔スカーフを取る〕

〔母は黙って立ち上がる〕

父　ああ、母さん――母さん、首に白い斑点ができてるぞ！

幕

第二幕第二場

〔ガレーン博士の診療所の前に並ぶ患者たち。列の最後には父と母がいる〕

（第一幕の）患者1　ほら、首のところ――

（第一幕の）患者2　だいぶ良くなってるぞ。

患者1　おれもそう思う。きれいになっていると先生も言ってくれた。

患者2　おれには、こないだ、だいぶ改善してると言ってくれた。だいぶ小さくなったって。

患者1　ほらな、言っただろ！

患者2　でも、初めは診ようとしてくれなかった。「パン屋なら貧しくはないでしょう。私が診るのは貧しい人だけです」って。でも、こう頼んだんだ、「先生、病気のパン屋からは誰もパンを買ってくれません。そういう意味じゃ、私は物乞いよりも貧しいんです」。そうしたら、どうにかこうにか診てくれた――

〔二人は中に入る〕

父　ほら、母さん、あの人もしまいには診てもらえたようだ。あのパン屋も。

母　ああ、心配でたまらない――

父　先生の前に出たら膝をついて、こう言う。「先生、どうかお願いです。子どもたちもまだ養わなければなりません。懸命に仕事をしている人間が高い地位につくのは罪でしょうか？　生涯、身を粉にして働いてきたんです」。こう言えば、あの医師もそんなに片意地を張らないはず。

母　でも、あの先生は貧しい人しか診ないって！

父　お前を診てくれなかったら文句言ってやる、いいか――

母　やめて、先生にそんな態度をとらないで！

父　いや、人としての義務とは何かって尋ねるだけだ！　先生、何はともあれ、病気になってるのは私の妻なんです、って――

〔ガレーン博士が出てくる〕

ガレーン博士　何か……ご用ですか？

父　先生……お願いです……うちのかみさんが……

ガレーン博士　あなたは？

父　私は……クリューク社で……経理部長をしています。

ガレーン博士　クリューク社で？……無理です……残念ですが、私が診察するのは貧しい方だけなんです――

父　先生、お願いです！　一生恩に着ます――

ガレーン博士　いや……おやめください……いいですか、私が……診るのは貧しい方だけなんです……貧しい人は何もできない、ですが、そうでない方にはできることがある――

父　何でもいたします……どんなに高くついても。

ガレーン博士　あのですね、裕福な方は何かできるはずです……例えば、戦争を予防するとか。色々とできるはずです……影響力をお持ちなのですから……貧しい人よりも大きな力を……それぞれの人が自分の影響力を使うよう働きかけてください……

父　先生、そうしたいと思います。ですが、私一人では何もできないのです……

ガレーン博士　ええ、ええ……みんな、そう言います。あなた自身で、クリューク男爵に掛け合ったらどうです……大砲や軍需品の製造をやめるように……クリューク男爵を説得できれば――

父　それは無理です、先生……そんなことはできません……ぜったい無理です！

ガレーン博士　そうですか、では、私に……できることは……残念ですが……

父　先生、お願いです、どうか人としての義務を――

ガレーン博士　そうです……私は背負ってます、まさにそういう義務を……それはとてつもなく重いものです……クリューク男爵の会社での仕事をおやめになるか……それとも、軍需産業で働く気はないと男爵にお伝えになるか――

父　その後、私はどうやって生活していけばいいんです？

ガレーン博士　ご覧なさい、あなたも戦争で生きているじゃないですか？

父　経理部長以外の職があれば……先生、ようやくこの歳でこの職にたどり着いたのです……そんなことを私に命じるのはお門違いです。

ガレーン博士　そうです――人に命ずることはできません。どうしようもありません、どうしようも……残念ですが、失礼します――〔その場を去る〕

母　ほら――ほら――

父　見たか！　無情な卑劣漢だ！　せっかく手に入れた職をやすやすと手放せるわけないだろ！

幕

第二幕第三場

〔枢密顧問官の執務室〕

枢密顧問官　〔ドアのところで〕さあ、どうぞ、お入りください、クリューク男爵。

クリューク男爵　〔中に入る〕ありがとう、顧問官。ここで君に会えるとは思ってもみなかった。

枢密顧問官　ええ、このようなご時世ですから。――どうぞ、お座りください。このところ、要望が多数寄せられているのでは？

クリューク男爵　ああ、要望は多い。たしかに。

枢密顧問官　重要な時期ですから。

クリューク男爵　ん？　政治的な意味でかね。そう、重要な時期だ。重要かつ困難な時期だ。

枢密顧問官　男爵におかれましては、たいへんな時期かと存じます。

クリューク男爵　どうして、そう思う？

枢密顧問官　というのも――もはや戦争は不可避という状況で、戦争の準備をしなければならない——その上、このような困難な時期に、クリューク社の舵取りをこなさなければならない、それは、たやすいことではございません。

クリューク男爵　そう、その通り——顧問官、こちらに寄付したいと考えていてね……〈白い病〉の研究費として。

枢密顧問官　それはそれは、クリューク男爵。このような緊迫した一大事に、学術目的をご配慮いただけるとは——いつもと変わらず、寛大でいらっしゃる。男爵、喜んで寄付を賜ります、全身全霊、研究に邁進いたします——

クリューク男爵　ありがとう。〔テーブルに分厚い封筒を置く〕

枢密顧問官　受け取りを出しましょうか？

クリューク男爵　いや、結構。ところで、状況はいかがかな、ジーゲリウス君？

枢密顧問官　チェン氏病の？　お尋ね、ありがとうございます。感染は我が国でも広がっております。——幸いにも、今、国民は、〈白い病〉よりも、来るべき戦争のことで頭がいっぱいです。クリューク男爵、情勢はきわめて楽観的なものです。完全に信頼を得ていますから。

クリューク男爵　病気は打ち負かせると？

枢密顧問官　いえいえ。我が国が戦争で勝つと。全国民が、元帥閣下、男爵、それに我が国の傑出した軍隊に全幅の信頼を寄せています。かつてこれほど切望されたときはなかったでしょう。

クリューク男爵　それで——まだ薬は開発されていない？

枢密顧問官　いえ、まだです。目下のところ、ガレーンの治療法のみです。もちろん、懸命に作業を進めておりますが。

クリューク男爵　君の助手を務めていた人物は？——何でも、病人がその男のところに集まっているそうじゃないか。リリエンタール大学病院の治療法を使って治しているとか。

枢密顧問官　どこにでもある詐欺まがいの治療です、男爵。我々とはなんの関係もありません。あいつを追い払えて、せいせいしていますよ。

クリューク男爵　そうか——ところで、奴は、今どうしている……ガレーン博士だったか？

枢密顧問官　貧しい患者を診ています。あれは、人々を扇動する振る舞いです——ですが、あの変人の治療がうまくいってるんです——

クリューク男爵　たしかか？

枢密顧問官　残念ながら、ほぼ百パーセント。我が国民に理性があるのがせめての救いです。あの変人のガレーンは、自分の薬で脅迫できると思っていました……無意味なユートピアをつくるとたわ言を述べて。ですが、かれに近寄る者はほとんどいません……すくなくとも地位がある者は。ここだけの話ですが、警察当局は、密かに来訪者を監視しているそうです——我が国民の愛国心がここで示されるというものです。ガレーン本人だけではなく、かれの奇跡の薬もボイコットしているわけですから——興味深いですな？

クリューク男爵　ふむ、とても。ガレーン博士は、診ないそうだな……金持ちは？

枢密顧問官　そうです、妄想を抱いてるんです。幸いにも、私の助手をしていた者がいます。上客は皆、かれのところに行っています——ガレーンの秘密の処方箋を持ち出したという話になっているようです——成果はまだ出ていませんが、診療を受けに訪れる者はひっきりなしの様子です。ガレーンのことはほとんど知られていません。貧しい人たちの中で埋もれてしまったようです——ただ永遠の平和を妄想しているだけ。哀れにも、心を患っているのです。今日、永遠の平和を夢見るとは——かれは、精神病院で診療を受けたほうがよいと、私は医師として思いますね。

クリューク男爵　このような状況下では、打つ手はないということかね……〈白い病〉については？

枢密顧問官　いえ、あります、男爵。幸いなことに。ここ数日でようやく実現できました……きわめて素晴らしい成果です。まもなく、チェン氏病の感染拡大を予防できるようになるかと。

クリューク男爵　それは結構なことだ、ジーゲリウス君。私も嬉しく思う……でも、どうやって——

枢密顧問官　まだこれは内密ですが——近日中に、感染患者の隔離を義務化する法律が公布されます。これは私の発案です、男爵。元帥閣下自ら、この件を手配すると約束してくれました。――これは、チェン氏病に関して世界が行なった最大の成果にほかなりません。

クリューク男爵　ふむ、そうだろう……素晴らしい。だが、どういう隔離を考えているのだね？

枢密顧問官　収容所ですよ、男爵。患者は全員、白い斑点を発症した者は全員、監視下の収容所に移送されるのです――

クリューク男爵　なるほど。そこでゆっくりと死ぬのを待つ。

枢密顧問官　ええ、医師の監視の下で。チェン氏病は、病人が次々に感染させていく病気です。我々への感染を防がなければなりません。感傷的な感情というものは、犯罪にほかなりません。その収容所から脱走を図る者は射殺されます。四十歳以上の国民は皆、月に一回、医師の検診を義務化する。チェン氏病の感染を、武力を用いて鎮圧するのです。ほかに防御する術はありません。

クリューク男爵　――君の言う通りだ、ジーゲリウス君。もっと早くそれができなかったのが残念だが。

枢密顧問官　ええ、そうです。愚かなガレーンの薬のせいで、すこし時間を無駄にしました。この間にも、〈白い病〉は広がりましたから。――今こそ、病人を有刺鉄線の内側に閉じ込める時です、そう、一つの例外も認めることなく――

クリューク男爵　〔立ち上がる〕そう。まずは、一つの例外も認めないこと。ありがとう、顧問官。

枢密顧問官　〔立ち上がる〕どこか具合でも、男爵？　失礼――

クリューク男爵　〔シャツの胸元を開ける〕すこし診てくれないか、ジーゲリウス君――

枢密顧問官　失礼！〔明かりを当て、男爵の胸を診る。ペーパーナイフで胸に触れる〕何か感じませんか？〔しばし沈黙〕服を着ていただいて結構、男爵。

クリューク男爵　――それで――？

枢密顧問官　今のところは、とくに何も――ただの白い斑点だけです――単なる皮膚病でしょう――

クリューク男爵　どうしたら――

枢密顧問官　〔どうしようもないという素振りを見せ〕ガレーンに無理言って——診てもらうしかありません——

クリューク男爵　ありがとう、ジーゲリウス君。最後に握手を——いや、もうしないほうがいいか？

枢密顧問官　——誰ともなさらぬよう、男爵。誰とも握手をなさってはなりません。

クリューク男爵　〔ドアの前で〕たしかに……病人の隔離の指示は……近日中に公布されると。——なら、私も指示を出さねば……工場での……有刺鉄線の製造を急がせなければ。

幕

第二幕第四場

〔ガレーン博士の診察室〕

ガレーン博士　ご覧なさい、よくなってます。服を着てください。

（第一幕の）患者　今度はいつ来たらいいですか、先生？〔衝立の向こう側で服を着る〕

ガレーン博士　二週間後に……そのあとは、もう来なくていいでしょう……〔ドアを開ける〕次の方！

〔髭を伸ばし、物乞いのぼろをまとったクリューク男爵が入ってくる〕

ガレーン博士　どうなさいました？

クリューク男爵　先生、〈白い病〉に罹りまして――

ガレーン博士　上着を脱いで――あなたは、まだ何をそこで？……もうお帰りになって結構ですよ。

患者　先生、私はまだ……お支払いが……

ガレーン博士　今度で大丈夫。

患者　わかりました、ありがとうございます。〔外に出る〕

ガレーン博士　〔クリューク男爵のほうに向かって〕見せてください。――〔診断する〕そうですね、それほど悪くはありません。〈白い病〉ですが――お仕事は？

クリューク男爵　……無職です、先生。以前は……製鉄所におりました。

ガレーン博士　今は？

クリューク男爵　その日暮らしで……先生は、貧しい人の味方だとうかがいました……

ガレーン博士　よろしいですか、治療は二週間ほど続きます……二週間経てば回復します、いいですか？　では、注射を六本、打ちます――注射代は払えますか？

クリューク男爵　もちろん――どのくらいになるかにもよりますが……

ガレーン博士　そうですね……とても高価です、クリューク男爵。

クリューク男爵　いえ、先生……私は、クリュークなどではありません。

ガレーン博士　よろしいですか、こういうことはだめです……あなたとはお話しできません。それに……時間の無駄です、双方の。

クリューク男爵　おっしゃる通り、先生。時間の無駄。あなたが貧しい人しか診ないのは……知っています。ですが、私を治療していただければ、あなたに……好きなだけ……！　いかほどですか？　百万？

ガレーン博士　〔驚いて〕百万？

クリューク男爵　ええ。五百万。先生、これでも相当な額です。――いや、一千万。一千万あれば色々なことができます……例えば、先生がお考えになっていることを宣伝するためにも――

ガレーン博士　え……何と……一千万ですって？

クリューク男爵　二千万出せます。

ガレーン博士　平和の宣伝に？

クリューク男爵　何でも好きなことに。それだけあれば、新聞社も買収できる。――うちの年間の宣伝費ほどではないが。

ガレーン博士　〔驚いて〕新聞に取り上げてもらうのに、そんなにお金がかかるのですか……平和のことを書いてもらうのに？

クリューク男爵　そう。相当な額が必要となることもあります。平和のことを書いてもらうには――あるいは戦争のことでもそうですが。

ガレーン博士　考えてもみなかった――〔注射器の針をアルコールに浸し、バーナーの上で乾かす〕ここにいると、知らないことばかり。でも、どうやって実現するんです？

クリューク男爵　コネが必要です。

ガレーン博士　そうですか……コネを作るのは、そう簡単ではないですね……とても時間がかかりそうですね？

クリューク男爵　そう。ほとんど一生かかります。

ガレーン博士　いったい、どうしたものか……〔綿をアルコールに浸す〕クリューク男爵、あなたに引き受けていただくことはできませんか？

クリューク男爵　つまり――恒久平和についての宣伝組織を？

ガレーン博士　そうです、平和の宣伝を。〔男爵の腕の肌を綿で拭く〕男爵にはコネがありますよね……そうしていただければ……あなたを治療いたします。

クリューク男爵　――ですが、先生、そんなことはできません。

ガレーン博士　できない？〔綿を放り投げる〕そうですか、男爵……おかしいですね……ある意味で……とても誠実な方だと思っていました。

クリューク男爵　そうかもしれない。先生は、とても世間知らずのお方だ。たった一人で、あなただけで、平和を実現できるとお思いですか？

ガレーン博士　いえ、一人ではありません。私には……強力な仲間がいますから、ね。

クリューク男爵　そう、〈白い病〉という仲間が。それに恐怖。おっしゃる通り、私には恐怖心がある……そう、怖いんです！　恐怖が人々を支配できたら、二度と戦争は起こらないはず――戦争を恐れていない人がいると思いますか？　でも……きっとまた――

ガレーン博士　〔注射器を手に取り〕それでは――どうやって人々に影響を及ぼすのです？

クリューク男爵　――わかりません。これまでは、大金を投じてきました。たまには無駄になることもありますが。私が提供できるのは……お金だけです。ですが、あなたがおっしゃったように、私なりの……誠実な申し出です。二千万、いや、三千万で、この命を。

クリューク男爵　……ええ。

ガレーン博士　〈白い病〉がそんなに……怖いのですか？〔注射器に液体を入れる〕

クリューク男爵　ほんとうに痛ましいことです……〔注射器を手にしたまま、クリューク男爵に近づく〕例えば……おたくの工場で……武器や弾薬の製造を停止できませんか？

クリューク男爵　――それはできません。

ガレーン博士　難しいですか……では、私に何を差し出そうと？

クリューク男爵　――お金だけです。

ガレーン博士　そうであれば、おわかりのように、私にはできかねます――〔注射器をテーブルに置く〕それは無駄です、とても無駄なことです――

クリューク男爵　私を治療していただけないのですか？

ガレーン博士　たいへん残念ですが――服を着ていただいてかまいません、男爵。

クリューク男爵　ということは……診療終了ですか、ああ……何たること。

ガレーン博士　あなたは、きっとまた戻ってきます。

クリューク男爵　〔衝立の向こうで服を着ながら〕私が……もう一度、戻ってくる？

ガレーン博士　そう。その奥に、診察料がいくらか書いてあります。

クリューク男爵　〔ボタンを留めながら、出て行く〕先生、あなたは……思ったほど、世間知らずのお方ではありませんな。

ガレーン博士　また考えが変わったら――お越しください。〔ドアを開ける〕次の方！

幕

第二幕第五場

〔元帥の執務室〕

副官　〔中に入る〕クリューク男爵がお見えになりました。

元帥　〔机で何かを書いている〕入るように。

〔副官はクリューク男爵を案内し、退出する〕

元帥　〔書きながら〕さあ、男爵、腰を下ろして。すぐに終わる。〔ペンを置く〕報告願おう。いいから、座って、クリューク。直接話を聞いておきたかったんだ――で、状況はどうだね？

クリューク男爵　全力で作業を進めております、閣下。ありとあらゆる可能性を検討しております――

元帥　業績は？

クリューク男爵　満足はしておりません。日産、重戦車八十両――

元帥　予定の八十五両ではなく？

クリューク男爵　ええ。さらに、日産、戦闘機七百機、爆撃機百二十機を生産しております――生産能力はより高めるべきかと。販路は、我が国だけではありませんので――

元帥　もちろんだ。あとは？

クリューク男爵　弾薬も順調です。総司令部の依頼より三割増しでも納入できます――

元帥　ガスCは？

クリューク男爵　どのような量でも。事故がありましたが――作業場のガス容器が爆発したのです――

元帥　死者は？

クリューク男爵　全員です。女性作業員四十名、男性三名。その場で――即死でした。

元帥　残念な知らせだが、ある意味で素晴らしい成果だ。おめでとう、クリューク。

クリューク男爵　ありがとうございます、閣下。

元帥　では、準備万端というわけだな――

クリューク男爵　そうです、閣下。

元帥　君は信頼できる人物だと思っていた。ところで、君の甥はどうしている?

クリューク男爵　お尋ねありがとうございます、閣下、元気にしております。

元帥　私の娘から――話を聞いている。どうやら、私たちも……親戚になりそうだ。

クリューク男爵　〔立ち上がり〕たいへん光栄なことです、閣下。

元帥　〔立ち上がり〕たいへん喜ばしいことだ、クリューク。君がいなければ、今の私はなかっただろう――そのことは、忘れはしない、友よ。

クリューク男爵　私の務めです、閣下。祖国のためです。それは……また、我が財閥の利益に叶うものでもあります。

元帥　〔クリュークに近づく〕クリューク、覚えているかい、当時、政府に反旗を翻し、兵士たちと突撃すべく、私たちが手を取り合ったことを。

クリューク男爵　閣下、あの日々のことは忘れもしません。

元帥　そうだ、友よ、今日も握手をしようではないか……栄えある出陣を前にして。

〔手を差し出す〕

クリューク男爵　〔後ろに下がる〕――いや、閣下、握手はできません。

元帥　どうして？

クリューク男爵　閣下、私は……〈白い病〉なんです。

元帥　〔後ろに下がる〕なんと！――クリューク――ジーゲリウスのところには行ったのか？

クリューク男爵　ええ。

元帥　それで――

クリューク男爵　ガレーンのところに……行くようにと。かれのところにも……行ってきました。

元帥　ガレーンは何と？

クリューク男爵　二週間で治ると――

元帥　それはよかった！　友よ、また元気になるとは――私も嬉しくてたまらない。

クリューク男爵　ただ、ある条件を呑まなければなりません。

元帥　クリューク、受け入れるがいい！　命令だ――君が必要なのだ、クリューク男爵。どのような条件だろうと――それで、条件は？

クリューク男爵　……軍需工場の製造を停止することです。

元帥　――ふむ。やはり、ガレーンはいかれているな。

クリューク男爵　ええ。閣下はそう思われることでしょう。

元帥　君から見るとそうではない？

クリューク男爵　元帥、お言葉ですが、私は……異なる見方をしています。

元帥　クリューク、君の工場の製造停止など論外だ――

クリューク男爵　技術的には不可能ではありません、閣下。

元帥　政治的には不可能だ。条件を変えるようガレーンに働きかけるんだ。

クリューク男爵　かれが求める唯一の条件は……平和です。

元帥　子どもじみている！　そんな空想家が求める条件など、呑めるわけない。いいか、クリューク――二週間で回復すると言ったな？　そうであれば、二週間だけ、君は軍需工場の製造を止める――和平交渉として――交渉による問題解決を試みるという名目で――そう、君のためなら、私もひと肌脱ごう、クリューク。そして君が回復したら――

クリューク男爵　閣下、御礼申し上げます。ですが、それは正攻法ではありません。

元帥　友よ、戦争に正攻法などない。

クリューク男爵　わかっています、閣下。ですが、ガレーンはそれほどばかではありません――治療を先延ばしにすることもできるでしょう。

元帥　たしかに、君が捕虜となるというわけだな――では、クリューク、君はどう思う？

クリューク男爵　閣下、今晩、私は決心いたしました……ガレーンの条件を受け入れると。

元帥　クリューク、正気なのか！

クリューク男爵　そうです、恐怖は人間から正気を失わせます、閣下。

元帥　君は怖いのか――？

〔クリューク男爵は力なく肩をすくめる〕

元帥　〔机の前に座る〕それは……残念だが……きわめて難しい。

クリューク男爵　元帥、おわかりいただけないでしょうが……恐怖に貫かれるというのは、何ともおぞましい感覚です……指先まで走ってくるのです……いやだ、いやだ、と……自分の姿が目に浮かぶのです……有刺鉄線の向こう側で叫んでいる自分の姿が……ああ、誰か助けてくれ！　神よ、なぜ助けてくれないのか、と

――

元帥　クリューク、私は君のことが好きだ。自分の兄弟のように好きだ。私に何ができる？

クリューク男爵　和平を、閣下……和平を！　私を救ってください、私たち全員を救ってください……〔膝をつく〕元帥、私を助けてください！

元帥　〔立ち上がり〕立つんだ、クリューク男爵！

クリューク男爵　〔起き上がる〕失礼、閣下。

元帥　クリューク男爵、軍需品を増産する必要がある。君が挙げた数字には満足できない。もっとだ、増産だ、わかったか？

クリューク男爵　仰せの通りに、閣下。

元帥　最後まで祖国への務めを果たすように。

クリューク男爵　かしこまりました、閣下。

元帥　〔男爵に近寄り〕では、握手だ！

クリューク男爵　それはなりません、元帥！　私は〈白い病〉です。

元帥　私に恐怖はない、クリューク。もし私が恐怖を抱こうものなら、その瞬間から私は……総統ではなくなる。手を出すんだ、クリューク男爵！

クリューク男爵　〔ためらいがちに手を出す〕閣下……仰せの通りに。

元帥　ありがとう、クリューク男爵。

〔クリューク男爵、よろめきながら部屋の外に出る〕

元帥 〔呼び鈴を鳴らす〕

副官 〔ドアのところに姿を見せる〕閣下。

元帥 ガレーン博士を連れてこい。

幕

第二幕第六場

〔同じく元帥の執務室〕

副官 〔ドアのところで〕ガレーン博士です。

元帥 〔何かを書いている〕中へ。

〔副官はガレーン博士を連れてくる。二人はドアの前で立っている〕

元帥　〔書き続けている。すこし間を置いて〕ガレーン博士？

ガレーン博士　〔びくっとする〕はい、顧問官。

副官　〔小声で〕元帥閣下だ。

ガレーン博士　元帥閣下。

元帥　〔まだ書いている〕近くに。

ガレーン博士　はい……閣下。〔一歩前に出る〕

元帥　〔ペンを置き、しばらくガレーンのことを注視している〕ガレーン博士、お祝いの言葉を述べたい、〈白い病〉の治療の成功に対して。当局から……知らせが届いている……〔ファイルを手にする〕成果も確認されている。驚くべきことだ。

ガレーン博士　〔困惑かつ感動して〕ありがとうございます、か……閣下。

元帥　ある計画を立てている――聖霊病院に、国立チェン氏病感染予防研究所をつくろうと思っている。そこの所長をお願いしたい、ガレーン博士。

ガレーン博士　ですが、私には……それはできません……患者がいるんです、閣下……お引き受けできません。

元帥　これは命令だと思っていい、ガレーン博士。

ガレーン博士　別の機会であれば喜んでいたします、閣下……ですが、私にはできません……そのような経験もありませんので……

元帥　では、別の視点から述べよう。〔副官を退席させる〕クリューク男爵の治療を断ったそうだな。

ガレーン博士　そうではありません。私はただ……ある条件を——

元帥　わかっている。クリューク男爵を治療するのだ——無条件で、ガレーン博士。

ガレーン博士　たいへん残念ですが……閣下……ほんとうに無理なのです。私は……私は、あの条件だけは譲れないのです。

元帥　博士、色々なものがあるんだ……命令に従ってもらう手段は。

ガレーン博士　私を逮捕することもできましょう、ですが——

元帥　わかった。〔呼び鈴に手を伸ばす〕

ガレーン博士　ですが、お待ちを！　私には患者がいるんです——私を拘束したら、患者たちが死ぬことになります！

元帥　〔呼び鈴を置く〕これまでにも死者はいた。でも、君はその考えを改めることになる。〔立ち上がり、ガレーン博士に近づく〕君は、狂っているのか——それとも、英雄なのか？

ガレーン博士　〔一歩下がる〕いえ、私は——英雄なんかではありません。私は戦争に行ったことがあります……医師として……大勢の人々が亡くなるのを目にしました……元気だった人たちが次々と——

元帥　私も戦争に行った、博士。だが私が見たのは、祖国のために戦う人々だった。そして、勝者としてかれらを連れ戻したのだ。

ガレーン博士　そうでしょう。私が見たのはむしろ……閣下が連れて帰ることのできなかった人たちです。これは決定的な違いです……閣下。

元帥　階級は？

ガレーン博士　〔踵を揃える〕第三十六歩兵連隊医師見習いであります、閣下。

元帥　いい部隊だった。勲章は？

ガレーン博士　剣付き金十字章です。

元帥　結構。〔手を差し出す〕

ガレーン博士　御礼申し上げます、閣下。

元帥　では、クリューク男爵の治療に当たること。

ガレーン博士　――服従拒否により、逮捕願います。

〔元帥は肩をすくめ、呼び鈴を鳴らす〕

〔副官がドアのところに姿を見せる〕

元帥　ガレーン博士を逮捕するように。

副官　了解いたしました、閣下。〔ガレーン博士のほうに近寄る〕

ガレーン博士　お願いです、やめてください！

元帥　なぜだ？

ガレーン博士　私のことが必要になるかもしれません――閣下ご自身のことで。

元帥　私は君を必要としない。〔副官に向かって〕なんでもない、君は退出していい。

〔副官は去る〕

元帥　座りたまえ、ガレーン。〔ガレーンの隣に座る〕――なんと言えばよいか、この頑固者。いいか、私にとって大事なのは、クリューク男爵のことだ。かけがえのない人物で、私のたった一人の友人だ。君にはわからないだろう、独裁者であることが……いかに孤独なことか。私は、今、一人の人間として話をしている。博士、クリュークの命を助けるんだ！　この私が誰かに頼み事をするのは、めったにないことだ。

ガレーン博士　それはたいへん難しいことです……お助けしたいのですが……私にもお頼みしたいことがあるのです。

元帥　答えになっていない。

ガレーン博士　お願いです、閣下、すこしだけお時間を……閣下は国を代表する政治家であり、巨大な力を持っていらっしゃいます……お世辞ではありません――じっさいそうです……もしあなたが永遠の平和を進められたら……人々は皆、喜ぶことでしょう！　というのも、全世界はあなたを恐れているからです……軍備を増強しているのは、あなたがいるからなのです……もし閣下が平和を望むと一言おっしゃっていただければ、世界中は安泰となります……

元帥　――私はクリューク男爵のことを話しているんだ。

ガレーン博士　そうです……そうすれば、男爵の命も救うことができます……男爵ばかりか、〈白い病〉の患者全員を。世界に向かって、恒久的な平和を望むと宣言するんです……すべての国と条約を結ぶと……それでおしまいです。閣下、あなた次第です。どうかお願いです、貧しい患者をお救いください！　男爵のことは残念に思います……お願いです、男爵のためにも……

元帥　クリューク男爵は君の条件を受け入れなかった。

ガレーン博士　ですが、閣下ならできます……あなたなら、何でもできる！

元帥　できるわけがない。子どもじみた君に説明しないといけないのか？　戦争や平和は、私の意志次第だと思っているのか？　我が国民の利益に叶うかどうかを考え、私は国の舵取りをしているのだ。我が国民が戦争に突入したら、あとは……その戦いを最後まで貫き通すのが私の務めだ。

ガレーン博士　ですが……あなたがいなければ……あなたの国民は、侵略戦争を始めないでしょう。

元帥　そうかもしれない。これほど準備万端ではなかっただろう。自分たちの力もこれほど意識していなかっただろう――自分たちのチャンスも。今日、幸いにも皆がそのことを知っている。私はただその意志に従っているだけ。

ガレーン博士　――その意志は閣下自ら呼び込んだものです。

元帥　そう。国民の中の意志を目覚めさせたのだ。君は、平和が戦争よりも優れていると考えている。私は、戦争に勝利することが平和よりも好ましいものだと思っている。我が国民から勝利を奪うことは、私にはできない。

ガレーン博士　戦没者もいます。

元帥　戦没者もだ。戦没者の血こそが、祖国の大地を作り上げるのだ。戦争のみが、人々を国民とし、男たちを英雄にするのだ――

ガレーン博士　――そして死者にも。戦争で、多くの死者を目にしました――

元帥　それが君の仕事だ、博士。私は自分の現場で、大勢の英雄を目にした。

ガレーン博士　ええ、そういう人たちは後方にいました、閣下。塹壕にいた私たちはそれほど勇敢ではありませんでした。

元帥　では、なぜ、勲章をもらったのだ？

ガレーン博士　それは……負傷者に包帯を巻いたからにすぎません。

元帥　知っている。それは、塹壕に挟まれた戦場だった。それが勇敢さというものではないのか？

ガレーン博士　いいえ。あれは……医師としての仕事です。人間としての……

元帥　君は、その平和とやらを、いったいどんな権利で語っているのか？　誰かに……託されたのか？

ガレーン博士　意味がわかりません。

元帥　〔静かに〕つまり……天命だとでも思っているのか？

ガレーン博士　いいえ、まさか。私は普通の人間にすぎません……

元帥　ならば、そんなことに手を出してはいけない。天命が必要だ……高次の意志が、私たちを操るのだ――

ガレーン博士　誰の意志です？

元帥　神だ。私は神に託されたのだ。そうでなければ、こんなことはできない……

ガレーン博士　それで……戦争を指揮する？

元帥　そうだ。国民の名において――

ガレーン博士　その子どもたちが戦場で斃（たお）れることになっても――

元帥　――そして勝利を収める。国民の名において――

ガレーン博士　父と母は、病気で命を落とす――

元帥　〔立ち上がる〕親の世代に関心はない。所詮、軍人にはならない。なぜ、私は君を逮捕しないのだろう？

ガレーン博士　〔立ち上がる〕閣下、失礼します――

元帥　君は、クリューク男爵を治療する。祖国は、かれを必要としている。

ガレーン博士　では……私を訪れるよう男爵に願います……

元帥　――そして、君の不可能な条件を呑むようにと？

ガレーン博士　そうです、閣下。男爵はきっと受け入れます……不可能な条件を。

元帥　そこまで固執するのかね？　そうなれば――〔机に近づく。その時、電話が鳴る。元帥は受話器を上げる〕――そうだ、私だ。――何？――聞いている。――それで――いつのことだ？――そうか。わかった。〔受話器を置く。かすれた声で〕もう帰ってよい。今から五分前に……クリューク男爵は銃で自殺した。

幕

第三幕　元　帥

第三幕第一場

〔元帥の執務室〕

元帥　では、情勢を――

宣伝大臣　――反戦運動が各地で広がりを見せています。特に英国のメディアで……英国人は、以前から病気を恐れていました。政府は、数百万の国民が署名した請願書を受け取ったそうです。

元帥　結構。そうやって、内側からの弱体化が進むだろう。次！

宣伝大臣　残念ながら、今回は、上流社会の人々も平和に賛同しています。王家も――

元帥　知っている。

宣伝大臣　女王陛下は〈白い病〉をたいへん恐れています。叔母上の命を奪ったものですから――女王陛下は、恒久平和に関する会議を開催するよう世界各国の政府に向けての声明文を用意しています。

元帥　それはあまり良くないな。事前の介入は無理か――？

宣伝大臣　すでにだいぶことが進んでいます。世界中の世論は、いかなる戦争についても激しく反対しています。病気を前にした恐怖のせいです、閣下。人々が今、求めているのは政治ではなく、薬、それに救済です――我が国でも、弱気な見方が見られます――つまり、反戦の姿勢です。月桂樹よりも健康がいいという意見です――

元帥　臆病者ども！　今、我々の準備が整っているというのに――これほどの好機は、百年に一度あるかないかだ。我が国のそのような雰囲気は抑え込むことができるか？

宣伝大臣　閣下、長期間は保証できませんが。若者たちは意気軒昂で、閣下と一緒であれば、火の中にでも飛び込むでしょう。ですが、年配の人々には不安と恐怖が広がっています。

元帥　私が求めるのは若者だ。

宣伝大臣　たしかに、ですが、年配の人々には……経済力があります。その上、主要な役職を占め、地方行政も握っています……戦争になったら、あちこちで歪みが生じかねません。国民をしっかり落ち着かせることが必要かと――

元帥　どうやって？

宣伝大臣　あの医師に薬の提供を求めることです。

元帥　奴は、拷問にかけても無駄だ。私にはわかる。

宣伝大臣　圧力をかけて吐かせる手段があります――

元帥　――だが、それは大抵、死で終わる。それではだめだ。それはよくないだろう。

宣伝大臣　それでは……一時的にでも……平和運動を認めるしか……方策はないかと――

元帥　――そうすれば時宜を逸する。それはない。

宣伝大臣　あるいは、平和戦線が形成される前に素早く打ちのめす。つまり――

元帥　直ちに攻撃開始。一番の弱点を打ちのめす。軍事行動の理由は――

宣伝大臣　――すでに用意してあります。我が国に対する陰謀、組織的な挑発など。適当な時期に、小規模の政治家の暗殺事件が起きる。そのあと、大規模の検挙を行ない、メディアに情報を流す。そうすれば、戦争を求める自発的なデモが生まれるかと。――愛国者たちの熱狂は確実です――時宜を逃さなければ。

元帥　――よろしい、君は信頼できる人物だと思っていた。――ついにこの時が訪れた、ついに、我が国民を栄光へと導くことができる！

幕

第三幕第二場

〔幕が上がる前から、軍隊の行進、ラッパ、太鼓の音が聞こえ、興奮する群衆の声にかき消される〕

〔幕が上がる。元帥の執務室。窓の開け放たれたバルコニーで、元帥が群衆に向かって話している。執務室の中には、元帥の娘と軍服姿の若いクリュークがいる〕

元帥　〔群衆に向かって〕──今、この瞬間、我が軍の銀白の戦闘機が、狡猾な敵陣の都市上空で破壊の種を撒き散らしている── 〔興奮の雄叫び〕このきわめて困難な一歩を踏み出した今、国民諸君に訴えたい。〔「元帥万歳！　元帥に栄光あれ！」〕そう、我々は戦争を開始した、宣戦布告なしにである。このような開戦に踏み切ったのは、幾千もの子どもたちの命を守るためである。驚愕した敵が意識を取り戻すよりも早く、我々はその緒戦で勝利を収めるだろう。今、改めて、諸君の賛同を求めたい――〔熱狂した叫び声、「賛成！　賛成！　元帥閣下万歳！」〕あの哀れな小国は、我が偉大なる民族を無条件に挑発し、侮辱し続けている。それゆえ、屈辱的な交渉を中断し、我々は戦闘を開始した。――〔喝采する群衆の声〕奴らは、自らが雇った盗賊たちによって、秩序と安全の転覆を試みている。〔群衆の声、「奴らを殺せ！　行け！　裏切り者！　絞首刑だ！」〕静粛に！　声を張り上げるだけでは、この悪は排除できない！　道は一つ。我が国の平和を脅かし続けるこの厄介な小国を懲罰的な出兵によって殲滅させること。生きる権利すらない、小さな劣等民族を破滅させること。誰が手を差し伸べようとも、破滅させること。――さあ、敵も手の内を見せるがいい！　我々は誰も恐れない！〔大歓声、「恐れない！　元帥閣下万歳！　戦争万歳！」〕諸君が共にあるのは承知している。諸君の名誉のために、傑出した軍隊を戦争に送り出したのだ。諸君を代表して、世界中に訴えたい。我々はこの戦争を望んでいなかった、だが我々はこの戦争に勝つ。神の意志によって勝利を収める――必ず勝つ、〔胸を叩く〕なぜなら正義は我々の側にあるからだ！……正義は我々の側にある……〔声を小さく〕……正義は我々の側に……〔大歓声、「正義は我々の側に！　戦争万歳！　元帥に栄光あれ！」〕

元帥　〔バルコニーを離れ、ふらついて、胸を叩く〕……正義は我々の側に……正義は我々の側に……正義は……私は……

クリューク　〔元帥に近づく〕どうなさいました、閣下？

娘　どうしたの？

元帥　放せ……かまうな……〔胸を叩く〕……正義は我々の側に……何だ？〔上着のボタンを外し、胸を触る〕……正義は我々の側に……〔シャツをはだける〕ほら……ここだ……

クリューク　失礼。〔クリュークと娘は元帥の胸元を覗き込む〕

元帥　ここの感覚がないのだ……大理石のようだ。

娘　〔心配した様子で〕何も、お父さま……何もないから、見なくて大丈夫──

元帥　どれ……〔胸に触る〕感覚がない……まったく感覚がない……

娘　お父さま、何ともない……大丈夫だから！

〔外の歓声が高まる。「元帥！　元帥！　元帥！」〕

元帥　わかっている。さあ、お前は行ってよい……私のことはかまわずに……

〔外の歓声、「元帥！　我らの元帥！」〕

元帥　わかった！　今、行く。〔上着を着る〕さあ、子どもたち、帰っていいぞ！　ここにいる用事はないだろう……お前たちには関係がない。

〔「元帥！　我らの元帥！」〕

元帥　わかった。〔バルコニーに出て、直立し、歓声に応えて手を挙げる〕

〔大歓声、「元帥万歳！　元帥に栄光を！　戦争万歳！」〕

〔娘は泣き出す〕

クリューク　今はだめだ！　泣いてはだめだ……

娘　パヴェル……だってお父さまが……

クリューク　わかっている、でも泣いてはいけない。〔電話のところに行き、すさまじい勢いで電話帳をめくり、番号にかける〕もしもし……ジーゲリウス枢密顧問官でしょうか？――クリュークです。至急、元帥の宮殿にお越し願えますか――ええ、元帥の執務室に……そうです、白い斑点が。〔受話器を置く〕アネット、お願いだから、泣かないで。

〔外の歓声、「元帥万歳！　戦争万歳！　軍隊万歳！　元帥に栄光あれ！」〕

元帥　〔バルコニーから戻る〕皆、私のことが大好きなようだ……今日は、栄えある日だ。――さあ、泣くんじゃない、アネット！

クリューク　閣下、僭越ながらジーゲリウス枢密顧問官をお呼びいたしました……

元帥　そうか、パヴェル。医学的判断にもとづいて病人にするつもりか？〔手を振る〕戦闘機からの報告は……まだ届いていないか？

〔外から歌声、軍歌が聞こえる〕

元帥　聞こえるか？　歓喜に浸っている――ついに、私は人民を国民にしたのだ。〔上着の下をまさぐる〕変だ……大理石のようにひんやりとする。まるで自分の身体ではないかのようだ――

〔外の歓声、「元帥！　元帥！　元帥！」〕

元帥　行かなければ……もう一度……〔ふらつきながらバルコニーに向かう〕

クリューク　失礼、閣下。〔バルコニーに飛び出し、群衆に向かって、静かにするようにと合図を出す〕元帥閣下は、諸君に感謝の言葉を述べている。閣下は、先ほど職務に戻られたことをお伝えする、以上。

〔「元帥万歳！　戦争万歳！　元帥に栄光あれ！」〕

元帥　気が利く男だ……老クリュークとも、懇意にしていた。〔座る〕気の毒なクリューク男爵！　哀れな……

クリューク　〔バルコニーから戻る〕手伝ってくれ、アネット――〔窓のほうを指差す。二人で、重いカーテンを引き、テーブルの上のランプを灯す。薄明かりと静けさ。外の歌声と行進の音がかすかに聞こえる〕

元帥　そう。ようやく病人らしくなった。

娘　〔父の足元に座る〕病気は大丈夫。世界一のお医者さまが来て、治してくれる。今は休んで、お父さま――

元帥　いや、病気になっている暇はない。戦争を率いなければならないのだ、アネット。病気のことなど忘れるから、見てなさい――だが今、すこしだけ、お前たちといよう……すこしだけ落ち着こう。あの喧騒のせいだ。暗がりで手を握っていると、気持ちが落ち着く……じきに良くなる。私はこの戦争を導かなければならない……第一報が来るまでのあいだ、すこしだけ！――外の歌声が聞こえるか？　対岸から歌っているようだ。

クリューク　もし騒がしいようでしたら――

元帥　いや、大丈夫だ。今や、いたるところで旗がはためいている……街に出なければ……姿を見せ……正義は我々の側にあると、伝えなければ……我々……の……〔胸を叩く〕

娘　お父さま、だめ！　今は、そんなこと、考えないで！

元帥　そうだ、アネット。いいか、父さんが勝者として兵隊の先頭に立って帰還するのを拝めるぞ……こないだの戦争で、私が兵士を連れて凱旋した姿をお前は見てないだろう。まだ幼かったからな。だが今回は、その目で見ることができる――きっと大喜びするぞ！　パヴェル、戦争は輝かしいものだ！　男にとって、戦争は最も偉大なるものだ！――右翼を叩け！　包囲！　十個師団を投入！――

副官　〔ドアのところで〕ジーゲリウス枢密顧問官が到着されました。こちらへお連れしてよろしいでしょうか？

元帥　な……何の用だ？

娘　閣下の寝室へ、お願い。

副官　かしこまりました。〔去る〕

元帥　もう、わかっている。世界一の医者、だな？……〔立ち上がる〕残念でならない。お前たちといると心地がよいのだが。

娘　〔元帥に付き添い、ドアのところまで行く〕心配ないから、お父さま。

元帥　ん？——元帥は心配などせん。元帥は……自らの使命を果たすのみ。〔部屋を出る〕

〔静けさ。外の兵隊の行進だけが聞こえる〕

クリューク　アネット、今ならいいぞ！　泣いていいぞ！

娘　ねえ、パヴェル——使命があるのはほんとう——きっと大丈夫のはず。

クリューク　——なんということだ、アネット！　だいぶ進行している……どうして、もっと早くわからなかったんだ？

娘　だって……自分のことを顧みる時間なんてなかったから……自信を持っていたから……〔暖炉に寄りかかって、すすり泣く〕

クリューク　アネット、今晩、ぼくは連隊に戻る。

娘　そうする必要はないでしょ——

クリューク　うちの家系では、務めは果たすことになっている。ばかげた伝統だろ？

娘　でも戦争は長く続かないでしょ。お父さまが、数日で終わるって——

クリューク　そうかも。いずれにしても……君はしばらく一人になる。君もしっかりして、アネット。

娘　わかってる。

副官　〔入室する〕電報です。

クリューク　元帥の机に。

副官　かしこまりました。〔机に電報を置き、退室する〕

娘　パヴェル……どうしたらいい？

クリューク　ちょっと。〔机に行き、電報を見る〕見てはいけないが、でも……まさか！　あんな小さい国が——

娘　何をしたというの？

クリューク　抵抗活動を始めた。ハムスターのようなものだが。我が軍は成功を収めている、だが首都攻略は失敗。戦闘機八十機の損害……国境の戦車部隊も激しい抵抗にあっている——

娘　状況は悪いの？

クリューク　すくなくとも時間を無駄にしている。その間に援軍が来るかもしれない。元帥は、第一波の攻撃で十分だと予想していたのだろう——近隣の二国が最後通告を突きつけ——総動員令も発令している。まったく、こんなに素早いとは！　最後通告が三カ国、四カ国……いっきに五カ国に——

娘　つまり……悪い知らせということ？

クリューク　とても悪い知らせだ、アネット。

娘　お父さまに伝える？

クリューク　伝えないと。大丈夫、元帥は強靱な方だ——あのお方は病気に屈しない。戦場の地図を前にすれば、きっとすべてを忘れる……軍人だから。銃口の前に立っても瞬きすらしないはず……

〔ガウンをひらひらさせながら元帥がふらついて、執務室に入ってくる〕

元帥　〔すすり泣いている〕ああ、神よ……キリストよ……主よ……何たること！

……

娘　お父さま！

クリューク　〔元帥に近づく〕閣下、気をしっかり――〔ソファに連れて行く〕

元帥　あっちに行け、近づくな！　すぐに良くなる……すこしすれば……ああ、主よ……あと六週間……まだ六週間ある、とあの医師は言っていた――そしたら終わりか……もう終わりか……主よ！　どうして、人間には想像力がないのだ！　自分が病気になってようやくわかるとは……主よ、どうか憐れみを！

クリューク　〔アネットに電報を渡すよう合図する〕閣下、前線から知らせが届きました。

元帥　なに？……あとにしてくれ、今は無理だ……全員、ここから出ろ！　わからないのか、お前たち。

クリューク　閣下、たいへん悪い知らせです。

元帥　何？　よこせ。〔電報を受け取り、黙ったままじっと見ている〕たしかに……状況は一変した。〔立ち上がる〕電話で呼べ……いや、いい。書面で指示を出す。

〔物書き机に座る〕

〔クリュークは隣に立つ。娘は身動きせず立ったまま祈っている〕

〔外から歌声が聞こえる〕

元帥　〔急いで書く〕次の年次を動員せよ。

クリューク　〔書面を受け取る〕わかりました、閣下。

元帥　〔書いていると、ペンが折れる。クリュークは新しいペンを差し出す〕空軍も配置。

クリューク　〔書面を受け取る〕かしこまりました、閣下。

元帥　それに――〔熱にうなされたように何かを消す〕これはだめだ。〔一枚紙を引きちぎり、丸めて、ゴミ箱に投げる〕別の方法だ――〔書き出し、また気分を害する〕だめだ。すこし待て。〔机に頭をつける〕

〔クリュークは途方に暮れて、アネットを見つめる〕

元帥　――――――神よ、憐れみを！　神よ、憐れみたまえ！

クリューク　閣下、次の指令をお待ちしています。

元帥　〔頭を上げる〕ああ、すぐに……〔起き上がり、舞台中央までよろめいて歩く〕これが指令だ……アネット、明日……明日になったら、私自らが軍の先陣を切る。私が全軍の指揮をとる……これが私の使命だ、わかるか？　勝利を収めるまで……馬に乗って、兵士の先頭に立つ……

〔外から軍隊の行進の音〕

元帥　――がれきの山をかき分けて。かつて、ここに首都があった。私は出かける、体の肉はだいぶ前に落ちてなくなった、私はもう目だけになる、それでも先頭で軍隊を率いよう、白馬の上で骸骨になろうとも……皆、こう叫ぶだろう。「元帥万歳！　不滅の元帥万歳！」と。

〔娘は呻き声を上げ、手で顔を覆う〕

クリューク　閣下、そのようなお話はおやめください！

元帥　そうだ、パヴェル……大丈夫、きっと良くなる。自分が何をしているかわかっている。明日……明日になれば、兵士の先頭に立つ。だが、司令部ではない。そこだと……大将たちが……臭いをいやがるだろう。だが攻撃の先陣だ……銃剣を手にして……さあ、私に続け！　続け！　もし私が斃れたら、パヴェル……いや、私は斃れなければならない。そうすれば、兵士たちは元帥の復讐をする……悪魔のように戦うことだろう……さあ、前へ！　突撃！　銃剣をかまえ！〔胸を叩く〕勝利を収めたぞ！　我が軍が……我が……〔胸に手を置く〕私は……アネット！　アネット、怖いのだ――

娘　〔近寄り、母親のように力強く〕そんなことではだめ、お父さま。ここに座って、何も考えない、いい？〔ソファに座らせる〕

元帥　ああ。何も考えないようにする、そうでないと……そうでないと……私は大学病院で見たんだ……ある男が私に挨拶しようと立ち上がる……その時……こんな肉の塊がどさっと……ああ！　主よ！　救いはないのか？

〔クリュークは娘と視線を交わし、電話のほうに向かう。電話帳で番号を探す〕

娘　〔元帥の頭を撫でる〕いいから、考えないで、お父さま。誰にも渡さない。きっと治るから。私たちに任せて。ぜったい治らないとだめ、ぜったいだめ！　治りたいと言って――

元帥　治りたい……戦争に勝たなければ、だろ？　せめてあと半年あれば！　ああ、戦争にあと一年費やすことができれば！

クリューク　〔電話番号を回す〕もしもし――ガレーン博士ですか？　クリュークです。先生、至急、元帥のところにお越しください。――ええ、とても……深刻な状況です。助けられるのはあなただけです――わかっています。条件は……平和条約の締結ですね。はい、伝えます。少々お待ちください。〔話し口を手で覆う〕

元帥　〔飛び起きる〕だめだ！　だめだ！　平和など望まん。戦争を導かなければならないのだ。それは引けん。――なんという屈辱――気が動転したのか、パヴェル！　我々はこの戦争に勝たなければならぬ！　正義は我々の側にあるのだ――

クリューク　ありません、元帥。

元帥　――わかっている、そうでないことは。だが、我が国民が勝利を望んでいるのだ。私ではなく、国民の問題なのだ……国民の名において……パヴェル、電話を切るんだ、電話を。私は死ねる……国民のためなら。

クリューク　〔電話をアネットに渡す〕わかりました、でも、そのあとはどうなるのです？

元帥　私が死んだあとか？――たしかに、死後のことも考えなければならんな。

クリューク　ですが、閣下は考慮されていらっしゃいません。閣下の代役は誰もいません――戦争の真っ只中だというのに。閣下がご自身を唯一の指導者とされたのです――閣下がいなければ、私たちは負けます。閣下がいなければ、混乱が生じます。閣下がいなくなったら、私たちは神の救いを乞うしかありません。

元帥　そうだ、パヴェル。私は――戦争のさなかに去るわけにはいかない。まず、この戦争に勝たなければならない。

クリューク この戦争は、六週間では……終わりません、元帥閣下。

元帥 たしかに、六週間では無理だ……神はこのような仕打ちを私にすべきでなかった。神は……私に……このようなことを……主よ、どうすればよいのだ!

クリューク 混乱を招かないこと。これが今……閣下のすべきことかと――アネット――

娘 〔電話に向かって〕先生、もしもし?――元帥の娘です。来ていただけますか?――ええ、条件を呑みます。いえ、まだ本人はそう言ってません、ですが、そうするしかありません――そうすれば、来てもらえますか? 命を救ってくださる? では私から言います――〔話し口を手で覆う〕お父さま、一言だけでいいそうよ――

元帥 だめだ。電話を切れ、アネット。私には――無理だ。以上だ。

クリューク 〔落ち着いて〕僭越ですが、閣下、そうなさるべきです。

元帥 何をだ? あいつを呼ぶのか――

クリューク　そうです。
元帥　そして恥辱にまみれて和平を提案する？　軍隊を撤退させる？
クリューク　そうです。
元帥　そして謝罪し……罰を受ける――
クリューク　――ええ。
元帥　そうやって国民をひどく、ぶざまに貶めるのか。
クリューク　――そうです。
元帥　いずれにせよ、私は退く、そして不名誉な役割を果たさねばならない――
クリューク　そうです。ですが、平和の中で勇退されるのです。
元帥　いや！　それはだめだ！　誰かほかの者がするべきだ。私に反対した者は大勢いる。今こそ、そういう連中が――私はただ……自分の役割を果たす。屈辱的な和平を提案するのはほかの誰かにやらせるがいい――
クリューク　ほかの者には――できません、閣下。
元帥　なぜだ？

クリューク　内戦になります。軍隊の撤退を命じることができるのは、閣下だけです――

元帥　自らを統制できない民族など滅びてしまえ！　私など放っておくがいい……私抜きで相談するがいい――

クリューク　そういうことは指導されませんでした、閣下。

元帥　――ならば、可能性は一つ……威厳のある可能性は。〔ドアのほうに向かう〕

クリューク　〔行く手を阻む〕それはなりません。

元帥　ん？　この命も自分で選べないのか？

クリューク　そうです、閣下。あなたには……戦争を終わらせる義務があります。

元帥　そうかもしれん――アネット、この若者は有能だ、だが分別がありすぎる。偉大なことはなし得んだろう――

娘　〔元帥に受話器を渡そうとする〕さあ、お父さま――

元帥　〔受話器を押しやる〕いや。出たくない。できない。もう生きる理由はない……これ以上生きる理由が。

娘　お父さま、お願い！　すべての患者のためにも――

元帥　すべての患者のためか――そうだ、アネット。まだほかの者がいる――ここには私たち病人がいる！　世界中に何百万もの病人が――私はすべての人とともに――見るがいい、世界の人々よ、ここに……〈白い病〉の元帥がいる。兵隊の先頭ではなく、痛ましい人々の肉の塊の先頭にいる――あの道から、そう、この道から、今、私たちが歩き出す――私たち、私たち、私たちの側に正義はある、我らが〈白い病〉の患者の側に。私たちが求めるのは慈悲だけ――さあ、アネット！〔受話器を受り取る〕もしもし、博士――そう、私だ。――そうだ。――ああ。――い、い、い、い、い、――そうすると私は言った！――わかった。ありがとう。〔受話器を置く〕さあ、これで決着がついた。あと数分で……着くそうだ。

娘　ああ！〔嬉しさのあまり泣き出す〕ほんとうに嬉しい、お父さま――嬉しいわ、パヴェル。

元帥　〔娘の髪を撫でる〕もう泣くな――もう私のことが嫌いじゃなくなったか？――いいか、一緒に出かけよう……平和が訪れたら――

娘　お父さまが元気になったら——

元帥　そう、皆が元気になったら。元通りになったらな。容易なことではない、パヴェル……まずはあの医者が来るのを待とう！——攻撃を止めなければ……全世界に伝える必要がある……〔机で指示書を手にして破る〕残念だ……壮大な戦争となったかもしれないのに。

娘　お父さま、いい、もう二度と戦争にはならない。世界で最大の軍隊を解散させたら——

元帥　そう、立派な軍隊だった……どれほど優れた軍隊だったか、お前にはわからんだろう。私は、二十年の月日を費やしてきた……

クリューク　和平を構築されるのです。人々にこう言うのです、神に教わったと——

元帥　神か……神は果たして何を望んでいたのか——パヴェル、これも使命なのだろうか？

クリューク　そうです。偉大なる……お仕事です。

元帥　あまりにも長い仕事になるだろう。外交というものも私は知っている。だがあと数年生きることができれば……使命があれば、人間は多くのことを耐えられる。平和か……神は、平和を築くよう望んでいる――アネット、言ってくれ、神は何を望んでいる？

娘　神は、汝が平和を築くよう望んでいる。

元帥　そうか、悪くはないな……それは偉大な使命だな、アネット？　この世から〈白い病〉がなくなる――それは大勝利だな？　平和を築く。我が国民が初めてだ――たしかに、長い仕事になるだろう、だが、私が生きている間は……神から課題を与えられているあいだは！――あの医者はまだか、アネット？　医者はどこだ？

幕

第三幕第三場

〔街頭〕

〔旗を持った群衆。歌声。叫び声が聞こえる。「元帥万歳！　戦争万歳！　元帥に栄光を！」〕

（第一幕の）息子　さあ、声を揃えて。「戦争万歳！」

群衆　戦争万歳！

息子　元帥に続け！

群衆　元帥に続け！

息子　元帥万歳！

群衆　元帥！　元帥！

〔通行できない車のクラクション〕

ガレーン博士　〔手提げカバンを持って、車から降りる〕歩いていこう……失礼……通してくれ……急いでいるんだ……

息子　さあ、声を出して。「元帥万歳！　戦争万歳！」

ガレーン博士　だめだ！　戦争反対！　戦争などだめだ！　戦争などしてはならない！

叫び　何だって？——裏切り者！——臆病者！——殴れ！

ガレーン博士　平和が必要だ！　通してくれ——元帥のところに行くんだ——

叫び　元帥を侮辱した！——街灯に吊るせ！——やっちまえ！

〔群衆は騒ぎながら、ガレーン博士を取り囲む。混沌とした騒ぎ〕

〔群衆は四散する。地面には、ガレーン博士とカバンが横たわっている〕

息子　〔ガレーン博士を蹴る〕起きろ、ポンコツ！　殴るぞ、さもないと——

群衆の一人　〔横になっている人物のところで膝をつく〕待て。もう息はない。

息子　なんてことないな。裏切り者が一人いなくなっただけだ。元帥に栄光あれ！

群衆　元帥万歳！　元帥！　元帥！

息子　〔カバンを開ける〕おい、医者だったみたいだ！〔薬の入った瓶を割り、踏みつける〕さあ！　戦争万歳！　元帥万歳！

群衆　〔行進を続ける〕元帥！　元帥！　元帥万歳！

幕

付録

前書き*

この戯曲が生まれるきっかけは、友人の医師イジー・フォウストカ博士が語ってくれたアイデアだった。ある医師が、悪性の腫瘍を除去する新しい光線を発見するが、同時にそれが死をもたらすことにも気づく。医師は、この光線を使って支配者となり、世界の望まれない救世主となるという話だ。この話を聞いてからというもの、人類の運命が自分の手に委ねられている医師のイメージが私から離れなかった。だが、私たちの時代において、民族や人間の運命を手にしている人々、あるいは手にすることを望む人々は数多くおり、あえて私が別の例を提示するまでもないと思っていた。だが執拗に私に取り上げるよう迫ってくるものがあった。それは、私たちが生きている時代そのものである。

戦後の人々の典型的な特徴の一つは、しばしば侮蔑とともに用いられる、「人間愛（フマニタ）」

と呼ばれるものから距離を置くようになったことである。この言葉には、人間らしい生や権利への心からの敬意、自由や平和に対する愛、真実と公正さを求める努力、さらにそのほかの倫理的要求といったものが込められており、それらはヨーロッパ精神の伝統において人類が発展する意義として見做されている。だがよく知られているように、いくつかの国や民族では、まったく異なる精神が出現している。一人の人間ではなく、階級、国家、民族、あるいは人種があらゆる権利の担い手となり、そればかりか、それらが尊敬の対象、いや最高位の尊敬の対象となっており、それらの上には何もなく、それらの意志や権利を倫理的に制限するものもない。国家、民族、体制には、全能の権威が付与されている。精神の自由や良心、生きる権利、人間らしい自己決定権を有する個人は、身体的にも、倫理的にも、いわゆる集団的な秩序、本質的に暴力に依存する独裁的な秩序に従属している。政治権力の精神は、今日の世界状況では、倫理的、民主主義的な人間愛というヨーロッパの伝統と対立している。年を追うごとに、この衝突は国際関係において激しさを増しているが、同時に、各国の内政問題にもなっている。外面的には、今日のヨーロッパで戦争が勃発するのではないかという緊張感が常在しており、暴力や殺人によって政治的問題を解決しようとする傾向が顕著になっている。

たしかに、今日の世界的な対立は、経済的、社会的な概念を用いて定義できるかもしれない。もしくは生物学的に生存競争としても説明できるかもしれない。だが、その最も劇的な様相は、対立する二つの大きな理念の衝突に見られる。一方には、全人類への人間愛、民主主義的な自由、世界平和、人間らしい生や権利への敬意という倫理的な理念がある。他方には、権力や支配への志向、民族主義や拡張主義という反人間性を謳う力強い理念があり、そこで暴力は装置として歓迎され、人間の命はその単なる道具にすぎない。今日の一般的な表現を用いるならば、それは、民主主義の理念と、野心的で際限を知らない専制政治の理念の対立である。このような対立が悲しくも現実のものとなっていることが、『白い病』を執筆する契機となった。

病気は、架空の〈白い病〉ではなく、癌やほかの病気でもよかったかもしれない。だがじっさいの病気について考えたり、現実の国家や体制について考えたりしなくてよいように、筆者は、個々のモティーフ、戯曲の舞台を、可能なかぎりフィクションの領域へ移そうとした。それに加え、この病気を白色人種の深刻な衰退の特徴としてある程度象徴的に感じていた。今日の人々から見れば、このような疫病は、中世のペストのような災禍と映るだろう。筆者が、対立という劇全体の状況を、人々の命を奪う疫病というモティーフに関連づけて設定したのはそれなりの意図があったからである。というのも、病気に罹った、哀れな人間は、人間愛の必然的かつ典型的な対象となるからだ。病人にとって最大の拠り所となるのが、善意という倫理的な秩序にほかならない。二つの大きな世界観はいわゆる苦しむ者のベッドの上でぶつかり合い、その対立の中で病気に感染した人類の生死が決する。権力への意志を有する人物は、人類の苦痛に同情したり、恐怖心を抱いたりして、その道を断念することはない。また、人間愛と生への敬意という名の下でその男と戦っている人物は、病気に苦しむ者たちへの手助けを拒む。かれもまた、譲歩できない倫理の戦いを宿命として引き受けているからである。この戦いで勝利を収めるには、平和や人間愛を掲げていたとしても、殺し合いをし、大虐殺で命を落とさなければならない。戦争の世界では、平和それ自体が、譲歩しない、不屈の戦士となる。逆に、権力と力を目指す者が人々に支援を求めると、制御できない虐殺機械が解き放たれ、無情に暴れまわる。筆者は、まさにこの点において、今私たちが体験している世界的な対立の絶望的な重苦しさを目にしたのである。そこで争っているのは、白と黒でもなければ、善と悪でもなく、また正義と不正でもない。大きな価値、妥協を知らない強硬なものどうしがぶつかっている。この衝突の中では、ありとあらゆる善、正義、ありとあらゆる人間らしい生が脅かされている。最後に残るのは、偉大さや同情とは無縁の群衆だけである。そして、その群衆は、対立する両者を容赦なく死ぬまで踏み潰す。そこには、人間愛によって救われるべき人々がいる。そこには、権力を求めた人物が偉大さと栄光へと導こうとした人々がいる。元帥、そこには、あなたの国民がいる。ガレーン、そこには、君の「ありとあらゆる人」がいる。私たちは誰もが、歴史的な対立を経験しており、最終的にどちらが成功を収めるか定かではない。だが、一つだけ疑いのないことがある。このような対立の場で、苦しみながら痛ましい償いをするのは、人間にほかならないということである。『白い病』は戦争の雄叫びによって終わりを迎えるが、戦争がどのように終わろうとも、たしかなことは、人間はその苦悩において救済されないということだ。

避けがたい悲劇的な結末によって解決はもたらされないのを、筆者は意識している。だが、今、この時間と場所において、現実の人々のさまざまな勢力間で繰り広げられている現実の対立を言葉は解決できておらず、その解決は歴史に委ねなければならない。おそらく、頼りにできるのは、戯曲の最後に登場する誠実で分別のある二人の若者のような次なる人々だろう。だが、最終的な解決は、政治史、精神史に委ねられている。そこで、私たちは、単なる観客であってはならない。小さな民族のまったき正義、まったき生は、劇的な世界の対立のどちらの側にあるのかを知ろうと試みる戦士として、関与しなくてはならないだろう。

＊　一九二七年刊の初版本に付された作者カレル・チャペックによる前書き。当時のチェコスロヴァキアの読者に宛てて書かれた意味合いが強いことから、本書では「資料」として本文の後に掲載した。

作者による解題＊

未知の新しい疫病が世界で誕生し、雪崩のように広がっていく様子を思い描いてほしい。特別な想像力など必要ないだろう。ご存じの通り、世界戦争（第一次世界大戦）の後半、鉛の弾やイペリットガスで命を落とした人よりも、スペイン風邪で亡くなった人の数のほうが多かったのだから。

その病気が蔓延する世界を、私たちが生きている世界にとても似ているものとして思い描いてほしい。それは、軍拡の熱に浮かされ、戦争と平和の境界を揺れ動き、成功、拡張、他国の支配を求める国家のダイナマイトによって脅かされている世界。このような二つの前提の上にあるのが、戯曲『白い病』である。

それは、戦争前夜のこと。今日か明日にも、国民から愛される英雄、独裁者、偉大な総司令官である元帥が野心的な国民のために作り上げた立派な軍隊で宣戦布告をすることなく攻撃を開始するかもしれない。このような状況に介入してくるのが、死をもたらす恐ろしい疫病、〈白い病〉だ。五十歳以上の人間のほぼ全員が感染し、生きたまま短期間で腐食する病気はパニックをもたらし、意気消沈させる恐怖が広がっていく。それは、世界中の医学をもってしてもなす術のない、新しい疫病による攻撃である。

そして思い描いてほしい。町外れの貧困地区には、今でこそ開業医にすぎないが、かつては研究者の道を目指していた慎ましい医師がいる。そのかれが、医学界の権威や世界中の大学病院ですら成功しえなかったもの、つまり〈白い病〉の薬を発見する。大学病院での臨床が行なわれたのち、〈白い病〉の特効薬が見つかったという喜ばしいニュースが世界中を駆け巡る。そのとき、医師は言葉に詰まりながら断固として宣言する――私がこの薬を提供するのは、侵略戦争を断念し、他国と恒久平和の条約を締結する国に限る。医師として戦争に行った私は、銃弾やイペリットガスがいかにひどい傷跡を人間に残したか知っている。人々が平和を求めるように促すこと、そうすれば薬を提供する。私は政治家ではなく、医者だ。だが医師として、ありとあらゆる人の命を守る義務があり、殺し合いには反対しなければならない、と。

この宣言をしたのち、人間愛の信奉者は町外れに戻り、貧しい人たちの治療を続ける。

かれ曰く、貧しい人たちは何もできない、だが金持ちはより大きな影響力を持っており、かれらさえ望めば、世界に平和を築くことができる、と。

ここで、すこし立ち止まってみよう。戯曲『白い病』が上演されたら、苦しむ人々への手助けを拒む、この頑なな医師に正義があるのかどうか、観客たちは議論することになるだろう。かれの医師としての義務はありとあらゆる人を助けることであり、大学病院の院長は「病人を救うこと、それが君の務めだ」と問い詰める。義務と良心という昔からある対立など、倫理的な問題を議論するいい機会となるだろう。だが、この頑なな医師はありとあらゆるジレンマをあまりにもナイーヴに受け止めてしまう。医師としては病人に薬を提供するのが義務である。だが人間そして医師としては、自分の力が及ぶ限り、人間が戦争で人殺しをしないようにすることが義務である。かれは、この二つの義務のどちらか一方を選ぼうとはせず、両方をともに果たそうとする。疫病の恐怖によって、国民や政府が恒久平和を交渉するよう促すことになるのは織り込み済みであったのだ。かれは、ある種の平和のテロリストである。ユートピア的な脅迫者とも呼ばれている。〈白い病〉に罹った婦人に手を差し伸べることを拒むかれの姿を見て、同意できないと思ったり、強い嫌悪感を抱かずにいることは難しい。しかし、平和主義の最後通告に妥協はない。たしかに、かれが薬を公表すれば、〈白い病〉という恐ろしい厄介ごとから人々は解き放たれる。人々は、ほっと一息つくだろう。だが、明日、いや明後日になれば、ガス爆弾の投下を止める者はいなくなり、何千人という兵士ばかりか、自分の妻や子どもたちが殺されるのを止める者もいなくなっているだろう――私たちは、今、この時代に、そういうことを目撃している。この無名の慎ましい医師が、医師としての倫理が命じるところに従って薬を提供したとしても、侵略戦争の地獄を後退させることはできない。そこで、唯一ある手段を用いて、医師は人類に平和を強制しようと試みる。だが、それは、一時的に数千もの人を伝染病の脅威で失うというリスクを負うことでしか実現されない。これは、すぐに解決を導き出せないジレンマである。前者にせよ、後者にせよ、この医師は悲劇的な罪を犯すことになる。筆者は、かれの形而上学的な公正さについて、自身の罪を最終的な破局で償うことを描く以外には何もできない。

憂慮していたことについて、医師はさしあたり間違ってはいない。完全武装し、攻撃的で、野心的な国民は、戦争よりも薬を求めるようになり、世界中の世論も、疫病の圧力の下、医師の最後通告を受け入れる用意ができている。その時、長年にわたって国民のために、優秀で最強の軍隊の準備を進めていた総司令官は、隣接する小国への攻撃を指示する。自国民の勝利こそが、かれの義務だったからである。興奮した群衆に向かって、開戦を宣言する時になって、〈白い病〉の徴候が自分にあるのを感じる。かれの命を救うことができる唯一の人物は、かの頑なな医師だった。医師は元師を治療するにあたって、一つの条件を出す。軍隊を撤退させ、平和条約を締結するというものである。もちろん、元帥は条件を拒絶し、自国民に恥をかかせるぐらいなら、生きたまま腐食してもかまわないとする。だが同時に、解決し難い状況も意識するようになる。短い寿命では、自らが始めた戦争を終えることができず、国家権力を移譲する者もいないため、自分が死ねば、混沌が生じるだろう、と。歯止めの効かなくなった世界的な対立の中、自国を救うには生きなければならない、だが生きるには屈辱的な和平を進めなければならず、不当に開戦した戦争の罪は自国が負わなければならない。和平を進めるしかない。だが、国民にとって恒久的な平和は、戦争での勝利よりも、偉大な栄光なのではないか？　元帥は、その言葉がどういう響きをするか確認するかのように言葉を発する。「平和か……神は、平和を築くよう望んでいる――（……）そうか、悪くはないな（……）平和を築く。我が国民が初めてだ――」

その頃、妥協を知らない医師は薬とともに、元帥のもとに急いでいる。だが途中、戦争に陶酔した群衆に捕まってしまう。「さあ、声を出して。「元帥万歳！　戦争万歳！」」。だが医師は「戦争などしてはならない」と声を上げ、その場で殴られてしまう。血清の入ったアンプルは踏まれて粉々になり、群衆はさらに「戦争万歳！　元帥万歳！」と叫び続ける。

これは、希望が持てない悲観的な終わりだろう。その一部は真実である。抑制の効かない戦争は続き、〈白い病〉も鎮圧されない。薬を持った医師は永遠の平和とともに息絶え、元帥は自らが始めた戦争の勝利を国民にもたらすことができず、屈辱的な死を宣告される。ただ残ったのは、元帥そしてその敵対者の命も同時に奪った狂乱状態にある群衆のみ。これこそ、悲観主義といって差し支えないものだろう。今日、人類には悲観的になる理由が数多くあるのはたしかだ、だが罪の償いは、何かほんとうに希望が持てない悲観的なものなのだろうか？　この戦争は決して勝利を収めることができないだろう。元帥がいるにせよ、いないにせよ、平和はなされる。さらに、〈白い病〉の薬の探求は続くだろう。だが、医師を殺めた群衆は、失われた戦争、そして病気によって、長きにわたって、苦悩しながら贖うことになる。罪を犯していない者も苦しむことになるだろう、だが、それはもはや、無実な者が、他人の愚かさや過ちのために苦しむ、世界の秩序においてである。戯曲が存在するのは、世界が良いとか悪いとかを示すためではない。おそらく、戯曲を通して、私たちが戦慄を感じ、公正さの必要性を感じるために戯曲というものが存在するのだろう。

＊　生前は発表されなかった遺稿。一九三七年の戯曲執筆後に書いたとされる。初出は、『創作についての覚書』(一九五九)。

解説

第一共和国の作家カレル・チャペック

戯曲『白い病』は、カレル・チャペックが一九三七年に発表した作品である。個人での戯曲としては、『盗賊』（一九二〇）、『ロボット』（一九二〇）、『マクロプロス事件』（一九二二）に次いで第四作目、兄ヨゼフとの共作『虫の生活から』（一九二一）、『愛の運命劇』（一九一二）、『創造者アダム』（一九二七）を含めると、第七作目の戯曲となる。

「白い病」とは、五十歳前後になると皮膚に大理石のような白い斑点ができ、しまいには死にいたる伝染病のことである。特効薬が見つからない中、貧しい人々だけを治療する町医者のガレーンは薬を見つけたかもしれないと枢密顧問官ジーゲリウスを訪ね、大学病院での臨床実験をさせてほしいと依頼する。ジーゲリウスは渋々了承するが、それは、独裁者である元帥が戦争の準備を推し進める時代のことであった……。

このような緊迫した戯曲を執筆した作家カレル・チャペックの歩みは、チェコスロヴァキア共和国、とりわけ「第一共和国」と呼ばれる時代と連動している。一八九〇年一月九日、東ボヘミアのマレー・スヴァトニョヴィツェで生まれ、一九三八年十二月二十五日、プラハで四十八歳の生涯を終えたチャペックの主な活動は、一九一八年十月の独立から一九三八年九月のミュンヘン協定までの二十年に及ぶ第一共和国の時代とほぼ重なっているからである。それは、哲人大統領マサリク(一八五〇—一九三七)を中心とする民主主義社会が醸成され、経済的にも、文化的にも花開いた時代であった。同時に、新しい国家として、ありとあらゆるものをゼロから作り出さなければならない時代でもあった。画家アルフォンス・ムハ(ミュシャ)(一八六〇—一九三九)が、チェコスロヴァキア初の紙幣や切手のデザインを短期間で手がけたように、社会的、文化的インフラを早急に構築することが求められていた。そのような中、ジャーナリストとして、作家として獅子奮迅の活躍をしたのが、カレル・チャペックである。『人民新聞(Lidové noviny)』の記者として政治から文芸、文化にいたる多種多様なエッセイを発表し、新しい国家の公論形成に一役買ったほか、作家としては、戯曲、哲学小説からSF、童話にいたる多彩なジャンルを手がけ、第一共和国の文化の屋台骨を担った。批評家ヨゼフ・クロウトヴォルは、第一共和国以降の新しい世代のことを「チャペックの世代」と呼んでいるが、それはあながち誇張ではないだろう。

だが別の観点から見れば、第一共和国の二十年は、戦争の傷跡と、新たな戦争の足音が交錯する時代であったとも言える。プラハは主戦場にはならなかったとはいえ、戦地からの帰還兵は少なくなく、第一次世界大戦からの復興が一九二〇年代の課題であった。経済恐慌が世界を席巻する一九三〇年代半ばには、一九三三年に政権を執ったアドルフ・ヒトラーの動きに呼応し、チェコスロヴァキア国内でもドイツ系住民が支持するズデーテン・ドイツ党が伸張する。一九三八年、チェコスロヴァキアの当事者が不在の中、ドイツ、イタリア、フランス、英国の首脳による会議がミュンヘンで開催され、ドイツ系住民が多数住むズデーテン地方のドイツへの割譲が決まる。翌一九三九年には、チェコはドイツのボヘミア・モラヴィア保護領となり、スロヴァキアはナチス・ドイツの傀儡政権によって独立を果たし、チェコスロヴァキアはヨーロッパの地図の上から消滅する。このように、第一共和国の文化的な繁栄はたえず戦争と紙一重であった。

一九三〇年代後半、チャペックは戦争を題材とする作品を次々と発表する。小説『山椒魚戦争』(一九三六)では、労働力として搾取されてきた山椒魚と人間の争いを描き、

『白い病』では軍国主義を進める元帥が登場し、戯曲『母』(一九三八)では、戦争が迫る中、平和主義者だった母親が子どもに武器を手にするよう訴えかけて幕が下りる。

兄ヨゼフ・チャペック(一八八七―一九四五)もまた、弟カレル同様、一九三〇年代の情勢に敏感に反応している。なかでも風刺イラストによって、当時の雰囲気を視覚的に伝えてくれるのが、『独裁者のブーツ』(一九三七/邦訳『独裁者のブーツ　イラストは抵抗する』増田幸弘・増田集編訳、共和国、二〇一九)である。新聞に連載された風刺イラストを編纂したものであるが、ここで独裁者は実際の人間として描かれることはなく、ただブーツによってその存在を示唆させる。軍靴が人々の日常に入り込んでくる様子を風刺とともに描いたヨゼフの傑作の一つである。ヨゼフは、弟カレルの『長い長いお医者さんの話』(一九三二)などの挿絵画家として紹介されることが多いが、チェコにおけるキュビスム絵画の代表的人物の一人であるだけでなく、長年、カレルとともにチャペック兄弟名義で戯曲や小説を執筆しており、カレルの文学世界と切り離して考えることのできない重要な人物である。カレルにしても、ヨゼフにしても、童話などの可愛らしい作品の書き手、挿絵画家としての顔があることは事実だが、同時に、現実の政治に関心を寄せ、不正や欺瞞に対して自らの言葉や絵で抗おうとしていたことは忘れてはならないだろう。

カレルはミュンヘン協定からわずか三カ月後の一九三八年十二月二十五日、肺炎でこの世を去り、ヨゼフはチェコがボヘミア・モラヴィアの保護領になるのと同時に拘束され、収容所に送られ、一九四五年、ベルゲン・ベルゼン収容所で亡くなったとされている(遺体は見つかっていない)。このように、戦争への足音がはっきりと聞こえるようになった第一共和国の末期、同時にカレル・チャペックの晩年ともなった時期に発表されたのが、戯曲『白い病』であった。

戯曲『白い病』の誕生と受容

チャペックの作品の多くは、しばしばSFとして分類される。それは、「もし……だったら」という近未来の枠組みを取ることが多いためである。例えば、『ロボット』では人造人間が誕生したらどうなるか、『マクロプロス事件』では人間が不老長寿になったらどうなるか、小説『絶対製造工場』(一九二二)では原子力のようなエネルギーが発明されたらどうなるかという「もし」の問いかけが、それぞれ話の起点となっている。『白い病』において、チャペックが取り上げたのは、もし、軍国主義が進行するなか、「疫病」が広がったらどうなるのか、という問いかけである。

この作品において、チャペックは、中世ヨーロッパで猛威を振るった「黒死病(ペスト)」とは対極の「白」という表現を用いて新しい疫病を想定する。それは、五十歳前後になると誰もが、皮膚に白い斑点が生じ、まもなく死にいたる疫病である。著者自身、「前書き」で明かしているように、本作の発端となっているのは、友人の医師、作家イジー・フォウストカ(一八九四―一九六七)から聞いたアイデアである。ある医師が悪性の腫瘍を治療する光線を発見するが、同時にそれが死をもたらすことにも気づき、その光線を用いて世界の支配者になるというものであった(なお、フォウストカも、『生の大砲』という題名の戯曲を執筆し、チャペックが前書きを書いている)。チャペックが、この話を聞いたのは一九三〇年代前半だったが、哲学三部作(『ホルドゥバル』『流れ星』『平凡な人生』)を構想していた時期と重なり、すぐには実現していない。

その後、『白い病』を執筆するに至った経緯について、作者は、次のように述べている。

それから一年以上が経って、この「医師」のアイデアはもう一度浮上したが、異なる文脈においてであった。それは、世界中の厳しい政治危機、そして我々全員の上で広がる戦争の緊張であり、多かれ少なかれ暴力的な独裁制あるいは独裁的な傾向が、この惑星のいたるところで生まれていたからである。突如として、ある医師、つまり、職業だけではなく、個人的な使命からも、すべての人の生命を救おうと戦っている生命の専門家である医師が、仮に人類を貧困から救うとしても、独裁者になるのではなく、逆に、独裁とは相容れない敵対者、個人が生きる権利を極限まで争う人物となりうるのではないかということがふと思い浮かんだ。擁護すべきその権利の名の下で、民族や国家の利益の装置としてしか人間を見ようとしないイデオロギーと、必然的に対峙する人物になりうるのではないか、と。これによって、当初のアイデアは、百八十度変わった。つまり、世界を支配することから、人間を擁護することへと転換した。人間愛、民主主義、人権、個人の自由が防御を余儀無くされている時代にあって、この発想は、新たな切迫感を得たのだった。

（フォウストカ『生命の大砲』の前書き「あるアイデアの来歴」、一九三七）

独裁者となる医師ではなく、独裁者と対峙する医師という視点を明確にすることで、チャペックは満を持して医者を題材にする本作の執筆に取り掛かる。一九三六年三月から執筆を始め、同年の夏には第一稿を脱稿している。その後、推敲を経て、一九三七年一月二十九日、プラハの貴族劇場で、カレル・ドスタル演出、ガレーン役にフゴ・ハースを迎え、初演が行なわれた(なお、フゴ・ハースは、同作の映画化にも尽力し、監督を務めたほか、自らガレーン役も演じている)。同年二月には単行本も刊行され、わずか二年の間に九版まで版を重ねている。

じつは、その間、フォウストカは共著者としての権利を主張し、書籍や劇場のクレジットなどに自分の名前を載せ、相応の印税を支払うよう要求するという出来事があった。仲介に入ったボロヴィー出版の社主ユリウス・フィルトは、チャペックの作品同様、フォウストカの著作を自社で刊行することを約束し、さらに両方の原稿を批評家に送り、万が一『白い病』は「盗作」であるという主張がなされれば、それなりの対応をすると提案をする。だが、チャペックに手厳しい批評家ですら「盗作の痕跡を一つも見出さなかった」(ユリウス・フィルト『本と運命』、一九七二)ため、万事はうまく収まる。チャペック本人は自作の「前書き」にフォウストカの名前を言及しただけではなく、フォウストカの著書にも「前書き」を寄せるなど、紳士的な対応をしたのだった。

『白い病』の劇場公演は大きな反響を呼び、その後、プラハの国民劇場でも上演されることになったが、その際、クリューク男爵(baron Krüg)の名前は、ドイツ語の「戦争(Krieg)」という語を連想させると同時に、当時の在チェコスロヴァキア・ドイツ大使、クリュッペをも想起させるものになっていたため、戯曲の公演にあたり、ドイツ大使館は改名を申し入れ、スウェーデン語のオラフ・クローグ(Olaf Krog)という名前に改名した上で上演されている。また、国外では、一九三七年五月にチューリッヒで初演され、亡命中のトーマス・マンは同作を称賛する手紙をチャペックに送っている。

戯曲『白い病』は、その発表当初から長年に渡って、反ファシズムのメッセージを鮮明にする作品として読まれてきた。世界最高の軍隊を育成することに専念してきた元帥、軍需産業のコンツェルンを経営してきたクリューク男爵、さらには、彼らと近い位置にいる大学教授のジーゲリウス枢密顧問官といった人物から、その舞台となっている国をナチス・ドイツとして連想するのはある意味で自然であろう。元帥率いる軍隊が隣接する小さな国に対して、宣戦布告なしで攻撃を仕掛けるという記述など、当時のナチス・ドイツの動静を示唆する表現は多く盛り込まれている(実際、発表から二年と経たないうちに、チェコスロヴァキアは解体され、チェコはナチス・ドイツのボヘミア・モラヴィア保護領となる)。また「前書き」では、読者に対して、「単なる観客」ではなく、「戦士」としての関与が促されているように、同時代の読者、とりわけチェコの人々に直接訴えるものとなっている。

だが戯曲を丁寧に読むと、ファシズム批判として、チャペックが目を向けたのはじつは元帥ではないことに気づく。元帥は随行員が躊躇する中、白い病の患者と面会を果たしたり、娘と若いクリュークの説得に応じるなど、ある意味で理性的な人間として描かれている。それに対して、結末で象徴的に描かれているように、理性を失っているのは「群衆」である。そのように考えると、ファシズム批判の矛先は元帥といった特定の政治家ではなく、一般市民という群衆であるといえるだろう。また白という病気の色には、「白色人種の深刻な衰退」(「前書き」)という意味合いが込められているように、ヨーロッパの不安な情勢に対する作家の焦燥感を窺い知ることができる。「『白い病』は、ヨーロッパの運命、平和的な発展の運命、人類の運命が心の中に託されている、すべての人々の良心、平和を望む健全なる理性に訴えるものなのです」(「警告の印」、『チン』紙、一九三七)とチャペックが述べているように、理性を失った「人々」こそがファシズムの土台を作っていると訴えているのである。

医師ガレーン

この作品が興味深いのは、大学病院の院長であるジーゲリウス枢密顧問官、軍事コンツェルンという圧倒的な経済力を有するクリューク男爵、軍隊を統括する元帥という三者に対峙するのが、一人の医師だという点である。平時であれば、そのような均衡状態は生じないが、チャペックは「白い病」という疫病を前提とすることで、開業医ガレーンとの対立を可能にしている。では、なぜ、チャペックは医師という存在に注目したのだろうか。

フォウストカのアイデアとは別に、チャペック自身、医師を題材にした作品を執筆する意向は、長年持っていたようである。

医師についての小説を書きたいという欲望をたえず抱いていたけれども、それは、おそらく私が医者の家庭に生まれたからだろう。私の子ども時代は、咳き込んだり、妙に静かだったりする患者さんでいっぱいの診療室や待合室の近くで繰り広げられ、世界への初めての旅は、病人を訪れるために村へと出かける、真剣で偉大な父さんの傍についていく旅だった。いつの日か、医者を讃えるものを書きたいと思っていた。けれども、自分が開発した治療薬で支配者となり、人類の救済者となるという天才的な医師のイメージは、私の思う医者の世界に馴染むものではなかった。私は、こう思っていた。医者の仕事はそもそも保守的なものだ、と。今あるもの、つまり生の煌めきを保持しようとする。それは命を救う戦いであり、より良い、より強い命を求める戦いであるが、それは、防御的な戦いである。つまり、医師は命を守るという使命を有している。

（前掲「あるアイデアの来歴」）

命を守るという医師の使命は、チャペックの人間愛の理念に通じるものである。そもそもカレルの父アントニーン・チャペック（一八五五―一九二九）は医師であった。マレー・スヴァトニョヴィツェでは温泉勤めの医師として、カレルが生まれてからはウーピツェの繊維工場の専属医師として、その後、プラハでの一時滞在を経て、一九一一年からは再び温泉勤めの医師となった父は、つねに病に苦しむ人々の傍らにあった。息子カレルもまたそのような父の姿を幼い頃から目にしており、本作のガレーンに見られる人間愛に満ちた頑なな姿は医師としての父を投影したものかもしれない。

チャペックの作品において、登場人物の名前には、それぞれ含意が込められているが、本作も例外ではない。「ガレーン（Galén）」はギリシアのペルガモン出身という設定になっているが、ローマ帝国時代のギリシアの医学者ガレノス(一二九頃―二〇〇頃)をチェコ語で表記したものである。またガレーンには「童子(Dětina)」という別名もあり、稀代の医者であると同時に「子どもじみた」あるいは「無垢な」心の持ち主といった意味合いが込められている。

チャペック自身、強い思い入れがあってこの題材を選んだわけだが、その一方で、作品に関しては現役の医師から非難の声が上がった。なかでも、初演を目にしたヨゼフ・ペルナーシュという医学教授は、我が国にはジーゲリウスのようなものもいなければ、このような大学病院もないとして、疑問を呈する文章を発表する。それに対し、チャペックは、「博士、大学教授、大学について」という小文を発表し、ペルナーシュ教授への反論を試みている。そもそも、ジーゲリウス教授の大学病院はチェコスロヴァキアにはないということはどの観客も気づくことだとして、その証拠に、我が国には元帥もおらず、独裁国家でもないとしている。またしばしば言及されるドイツ帝国の大学病院を弾劾する意図もなかったとし、「元帥が統治する独裁国家は、ドイツでも、イタリアでも、トルコでも、ヨーロッパのいかなる国でもなく、ヨーロッパの政治や精神領域という一般的なものの一部でしかない。元帥の祖国は、具体的な国ではなく、ある種の倫理的、市民的現実である」(「博士、大学教授、大学について」、『人民新聞』、一九三七年三月十四日)と述べている。これは、フィクション的な要素を導入したという「前書き」の表現にも呼応している(なお、ガレーン博士も当初はユダヤ人という設定であったが、当時の情勢を過度に反映しているとして、ギリシア出身という設定に変えている)。だが、その一方で、チャペックはある種の現実も作品に投影されているとする。「世界の文化史が記述されることになったら、二十世紀の大学や研究機関にまつわる恥ずかしい一章が加えられることになるだろう。大学や研究機関が、政治的使命、国粋主義的な排他主義をいかに受け入れていたか」(同前掲)と。つまり、研究機関の軍事協力への批判が暗に込められているのである。

「病」と「弱さ」

『山椒魚戦争』、『白い病』、『母』などで戦争は題材になっているが、チャペックの作品全体を見渡してみると、戦争への関心はこの時代に限られたものではない。『ロボット』では人間とロボットの戦争が、『創造者アダム』では新たに創造者となったアダムとアダムが作った人々との間の戦争が繰り広げられている。チャペック自身、健康上の理由から第一次世界大戦に従軍することはなかったが、同世代の人々が戦地に赴き、様々な形で戦争体験を聞いていた。これらの作品で繰り返されるのは、戦争は人間らしさを奪ってしまうものであるということ、そして戦争へと連なる火種はつねに身近なところにあるという訴えである。

そして、すでに触れたように、本作は独裁政治の批判として読まれることが多かった。そのようななか、『白い病』を文字通り「病」の書として読み解いたのが、批評家スーザン・ソンタグ（一九三三—二〇〇四）である。『隠喩としての病い』（一九七八）に次ぐ著書『エイズとその隠喩』（一九八九）の中で、本書に言及している。

チャペックによる疫病の隠喩の使い方は、それを報復の手段とするもので（最後には疫病が独裁者本人を倒す）、たしかに伝統的なものではあるにしても、広報活動の意味をとらえる彼のセンスのゆえに、病気をひとつの隠喩として理解していることが、戯曲の中で明らかになる。

（スーザン・ソンタグ『隠喩としての病い・エイズとその隠喩』富山太佳夫訳、みすず書房、二〇〇六、二一五頁）

作品は、患者たちの短い会話の後、新聞記者と枢密顧問官とのインタビューで始まり、ガレーン博士が薬の処方について初めて打ち明けるのも記者たちの前であるなど、読者はメディアの人物を通して、疫病の状況を知っていく。さらに、第二幕ではクリューク男爵が、新聞社を買収して情報を流す術をガレーン博士に伝えたり、第三幕では宣伝大臣が情報管理について元帥と意見を交わすなど、情報のコントロールを通した大衆心理の誘導といったことも書き込まれている(クリューク社の経理部長の家庭で、基本的に新聞を通して病気の知識が得られるのはその典型であろう)。記者でもあったチャペックならではの視点がここでも活かされている。

だが疫病は、職業や年収に関係なく、人々に襲いかかる。唯一の基準は、五十歳前後という年齢である。そこからは、第一幕での家族の会話のように、経済危機を背景にした若い世代と上の世代の対立という世代的な問題意識を読み取ることもできるだろう。あるいは、経理部長の例に見られるように、それなりの社会的な地位を得た人に対する倫理的な振る舞いへの問いかけとしても捉えることができるだろう。さらに評伝的な要素を加味すれば、この作品を発表した当時、チャペック自身が四十七歳であり、様々な判断を自分に問いかけているようにも思われる。

いずれにせよ、年齢の制限を除けば、疫病の前では誰もが平等である。『白い病』でも、貧しい人だけではなく、軍需産業を経営するクリューク男爵、そして独裁者たる元帥も、この病に感染していく。社会的地位は疫病の前では無力であり、むき出しの生が露見する。ガレーンの薬以外の唯一の対策として、枢密顧問官が提案するのは、罹患者を隔離する「収容所」である。敵と味方、罹患者とそうでない者という他者化の極限形態が、一九三七年の戯曲に書き込まれているのはきわめて示唆的である。

筋立てを明らかにすることになるが、作品は、医師ガレーンも元帥も、勝利を収めることなく終わる。このような結末について、チャペックは次のように述べている。


双方に、破滅的な破壊がもたらされる。人間と反人道的な攻撃性の抗争という悲劇的な結末。原則が勝利を収めることはないのが最後で明らかになり、粗野で、無意識な群衆の力が世界に広がり、自らの攻撃性で群衆の力を解き放った指導者自身を破滅させ、また群衆を守ってくれるはずの人物も破滅に追い込む。群衆の激情や本能が一旦解き放たれると、指導者たちですらそれを止めることはできない。『白い病』のこのような結末は、群衆の興奮、本能、激情と、それらを利用することに手を染める人々への警告となっている。しまいには、権力そのものも、浅はかに権力に近づいた者たちもすべて滅びる。生き残るのは、二人の若者のみ。私にとって、二人は未来への希望であり、新しい世代への希望である。それは武器商人の息子と独裁者の娘であるが、純粋で人間として誠実で、分別を持ち合わせている。かれらには神の恩寵があり、かれらは父の世代の狂信的な考えに毒されていない若い人々である。私が見ていて頼もしくなる若者たちの典型で、かれらが今日の世界で直面している課題を、私は次のように捉えている。人類が現在脅威に瀕している宿命的な対立を終結させること。健全な理性、人間らしさに回帰し、教養ある世界が破滅するような悲劇的な対立を、盲目的にもそして宿命的にも受け入れないこと。

（前掲「警告の印」）

破滅的な状況で、チャペックが救いを見出すのが、元帥の娘アネットと若きクリューク（作品内では男爵の「甥」とされているが、刊行前に発表されたこの引用では「息子」と記されている）である。ここでもまた「理性」という言葉を用いて、二人の若者に未来を託している。二人は理性的であるだけではなく、ある種の「人間愛(humanita)」を体現した人物とも言えるであろう。「前書き」そして本文中でも度々触れられる「人間愛」とは、チャペック文学の一つの起点である。「博愛主義」、「人道主義」とも訳出されうるが、端的にいえば、人間に対する利他的な愛のことである。この言葉を通して、チャペックは、社会的な地位や属性に関係なく、一人の人間に対していかに愛を注ぐことができるか、とりわけ困難な時代にその理念をいかに実践していくのかという問いかけを読者に投げかけている。その際、社会的地位や属性を不問にする疫病という設定は効果を増していると言える。「病気に罹った、哀れな人間は、人間愛の必然的かつ典型的な対象となるからだ。病人にとって最大の拠り所となるのが、善意という倫理的な秩序にほかならない」(「前書き」)とあるように、病気を前にして誰もが平等となり、病人に対して利他的な振る舞いが求められるからである。そのように考えると、戦争と疫病という組み合わせはけっして偶然の産物ではない。チャペックは、戦争という「例外状態」と疫病という「非常事態」を重ね合わせることで、人間のむき出しの生を露見させると同時に、「群衆」というある種の「病」についても一考を促しているように思えてならない。

本作品の訳出にあたって、底本は、Karel Čapek: *Spisy VII. Dramata. Loupežník. RUR. Věc Makropulos. Bílá nemoc. Matka.* Praha: Český spisovatel, 1994. を用いた。なお、本作には、二点の既訳がある（「白疫病」栗栖継訳、『ロボット　カレル・チャペック戯曲集Ⅰ』十月社、一九九二／「白い病気」田才益夫訳、『チャペック戯曲全集』八月舎、二〇〇六）。

＊

本書の翻訳は、新型コロナウィルス感染拡大に伴い、東京などで緊急事態宣言が発令された二〇二〇年四月七日に始め、その後、週末ごとにウェブサイト note で数場ずつ公開し、五月中旬に訳出を終えた。つまり、緊急事態宣言下で訳出した作品であることを付言しておく。

拙訳にいち早く目を通し、刊行へと導いてくださったのは、岩波書店の古川義子さんである。数々の貴重な助言に心より感謝したい。また本作の校訂版を手がけたイジー・ホリー教授からも有益な助言をいただいた。この場を借りて、御礼申し上げたい。

千野栄一先生が訳された『ロボット』と並んで、チャペックの『白い病』が岩波文庫の棚に並ぶことは教え子としてこの上ない喜びである。チェコ語の手ほどきをしてくださった千野栄一先生、チャペックの魅力を教えてくださった飯島周先生に本書を捧げる。

二〇二〇年七月

阿部賢一

白い病（しろいやまい）　カレル・チャペック作

2020年9月15日　第1刷発行
2024年4月26日　第6刷発行

訳　者　阿部賢一（あべけんいち）

発行者　坂本政謙

発行所　株式会社　岩波書店
〒101-8002 東京都千代田区一ツ橋 2-5-5

案内 03-5210-4000　営業部 03-5210-4111
文庫編集部 03-5210-4051
https://www.iwanami.co.jp/

印刷・三陽社　カバー・精興社　製本・中永製本

ISBN 978-4-00-327743-0　　Printed in Japan

読書子に寄す

――岩波文庫発刊に際して――

岩波茂雄

真理は万人によって求められることを自ら欲し、芸術は万人によって愛されることを自ら望む。かつては民を愚昧ならしめるために学芸が最も狭き堂宇に閉鎖されたことがあった。今や知識と美とを特権階級の独占より奪い返すことはつねに進取的なる民衆の切実なる要求である。岩波文庫はこの要求に応じそれに励まされて生まれた。それは生命ある不朽の書を少数者の書斎と研究室とより解放して街頭にくまなく立たしめ民衆に伍せしめるであろう。近時大量生産予約出版の流行を見る。その広告宣伝の狂態はしばらくおくも、後代にのこすと誇称する全集がその編集に万全の用意をなしたるか。千古の典籍の翻訳企図に敬虔の態度を欠かざりしか。さらに分売を許さず読者を繋縛して数十冊を強うるがごとき、はたしてその揚言する学芸解放のゆえんなりや。吾人は天下の名士の声に和してこれを推挙するに躊躇するものである。このときにあたって、岩波書店は自己の責務のいよいよ重大なるを思い、従来の方針の徹底を期するため、すでに十数年以前より志して来た計画を慎重審議この際断然実行することにした。吾人は範をかのレクラム文庫にとり、古今東西にわたって文芸・哲学・社会科学・自然科学等種類のいかんを問わず、いやしくも万人の必読すべき真に古典的価値ある書をきわめて簡易なる形式において逐次刊行し、あらゆる人間に須要なる生活向上の資料、生活批判の原理を提供せんと欲する。この文庫は予約出版の方法を排したるがゆえに、読者は自己の欲する時に自己の欲する書物を各個に自由に選択することができる。携帯に便にして価格の低きを最主とするがゆえに、外観を顧みざるも内容に至っては厳選最も力を尽くし、従来の岩波出版物の特色をますます発揮せしめようとする。この計画たるや世間の一時の投機的なるものと異なり、永遠の事業として吾人は微力を傾倒し、あらゆる犠牲を忍んで今後永久に継続発展せしめ、もって文庫の使命を遺憾なく果たさしめることを期する。芸術を愛し知識を求むる士の自ら進んでこの挙に参加し、希望と忠言とを寄せられることは吾人の熱望するところである。その性質上経済的には最も困難多きこの事業にあえて当たらんとする吾人の志を諒として、その達成のため世の読書子とのうるわしき共同を期待する。

昭和二年七月